JN270084

岳飛伝

一、青雲篇

田中芳樹

講談社ノベルス

KODANSHA NOVELS

ブックデザイン＝熊谷博人
カバーデザイン＝斉藤昭
（Ｖｅｉａ）
カバー&口絵イラストレーション＝伊藤勢
本文イラストレーション＝伊藤勢
地図作成＝らいとすたっふ

目次

第一巻　主要登場人物

岳飛《がくひ》　宋の名将。中国史上最高最大のヒーローとして知らぬ者はいない。この巻ではまだ十代

周侗《しゅうとう》　岳飛《がくひ》の老師で養父、武芸の達人

王貴《おうき》
湯懐《とうかい》
張顕《ちょうけん》　岳飛《がくひ》のおさななじみ。悪童三人組

牛皐《ぎゅうこう》　岳飛《がくひ》の義兄弟。粗野で豪快な庶民の人気者

宗沢《そうたく》　朝廷の高官。〝抗金英雄〟の最長老

韓世忠《かんせいちゅう》　宋の名将。「万人の敵」と称される勇者

梁紅玉《りょうこうぎょく》　韓世忠《かんせいちゅう》の妻。中国史上に名高い智勇兼備の女将軍

徽宗《きそう》　宋の第八代皇帝。〝風流天子〟として名高い

欽宗《きんそう》　宋の第九代皇帝。徽宗《きそう》の子

張《ちょう》邦《ほう》昌《しょう》　宋の高官。徹底的な奸臣として描かれる

陸登《りくとう》　宋の忠臣

柴桂《さいけい》　宋の大貴族。位は梁王

兀朮《ウジュ》　金国の皇族で侵攻軍の総帥。通称「四太子《したいし》」

哈迷蚩《ハミツー》　兀朮《ウジュ》の軍師

＊作中人物の年齢はすべてかぞえどしである

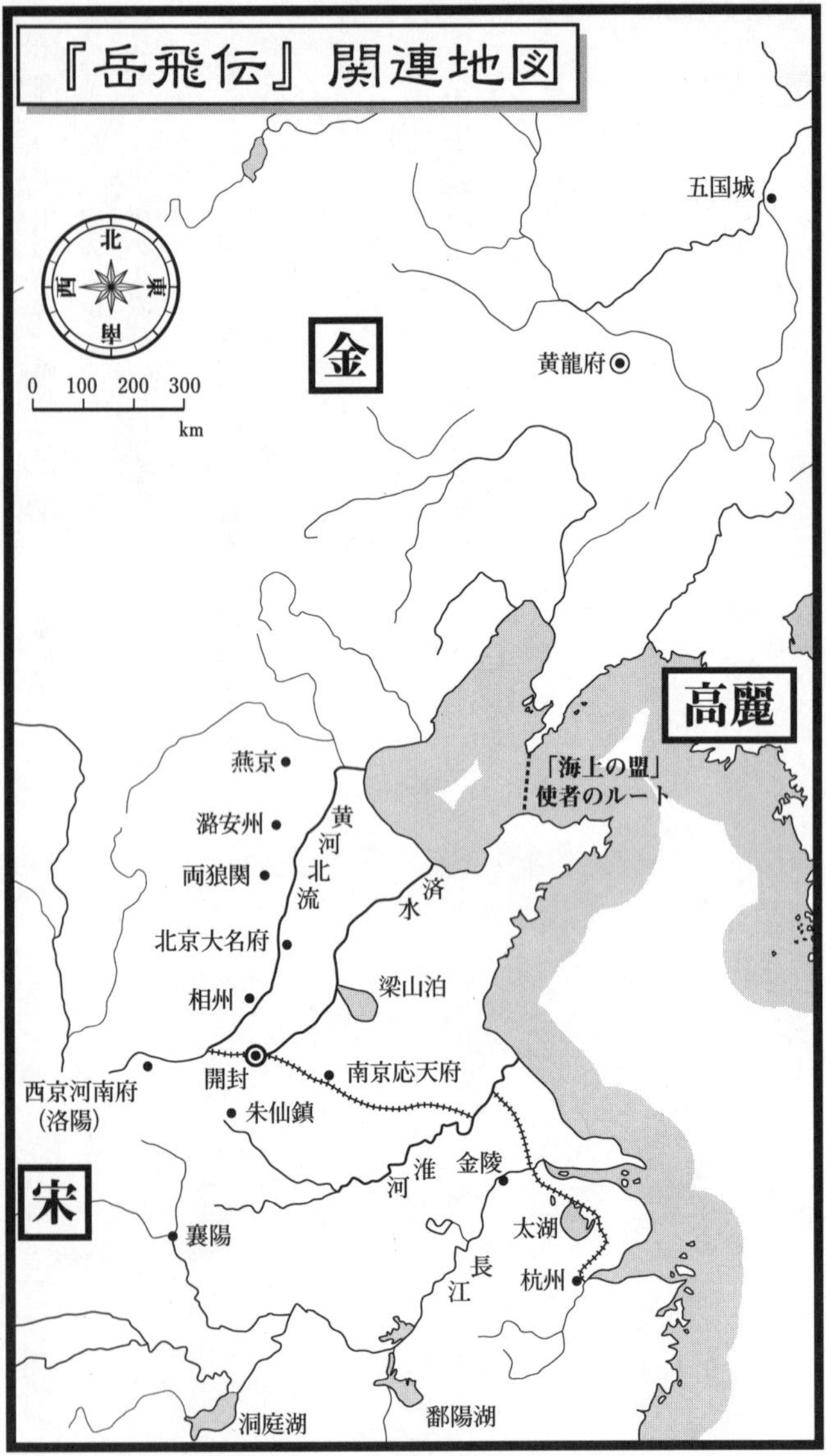
『岳飛伝』関連地図
北
東
南
西
0 100 200 300
km
金
五国城
黄龍府
高麗
「海上の盟」
使者のルート
燕京
潞安州
両狼関
北京大名府
相州
黄河北流
済水
梁山泊
開封
南京応天府
西京河南府
（洛陽）
朱仙鎮
宋
淮河
金陵
太湖
襄陽
長江
杭州
洞庭湖
鄱陽湖

第一回　天命を受けて趙太祖《ちょうたいそ》四海を統《す》べ　福運を授かり岳《がく》夫婦男児を産む

古《いにしえ》より天運はめぐり、興《おこ》るものがあれば亡《ほろ》びるものがある。これより中国史上に誰ひとり知らぬ者のない悲劇の名将、南宋《なんそう》の岳武穆《がくぶぼくおう》王の一代の物語を説きおこすこととしよう。

さて、大唐《だいとう》帝国が亡びて五代十国《ごだいじっこく》の乱世となると、戦火が絶えることはなく、民衆は苦難の日々がつづいた。そのころ、西岳華山《せいがくかざん》（現在の陝西《せんせい》省にある）に隠者の陳摶《ちんたん》、号は希夷《きい》という、術も徳もすぐれた仙人がいた。ある日、驢馬《ろば》に乗って、天漢橋《てんかんきょう》を通りすぎ、天をあおいで五色の雲を見るや、突然大笑いして、驢馬から転げ落ちた。人々がそのわけをたずねると、先生の答えるには、

「民の苦しみが終わるときがきたぞ。一胎《いったい》より二龍《にりゅう》が生み落とされた」

である。

ひとりの母親がふたりの皇帝を生んだ、というのである。

ときに後唐《こうとう》の明宗《めいそう》皇帝の天成《てんせい》二年（西暦九二七年）、姓を趙《ちょう》、名を匡胤《きょういん》と呼ぶ男の子が生まれた。この子こそは、天界の霹靂大仙《へきれきたいせん》の生まれ変わり、それゆえ赤い光が輝き異香《いこう》がただよい、祥雲《しょううん》に守られ

ていたのである。

趙匡胤《ちょうきょういん》は長ずるに至り、武勇ならぶ者なく、天下四百余州をたいらげて、三百年の帝業をさだめ、国号は大宋《だいそう》、即位の後は見龍天子《けんりゅうてんし》と称した。そして、弟の匡義《きょうぎ》に帝位を伝えたので、「一胎二龍」というわけである。太祖《たいそ》が国を開いてより徽宗《きそう》に至るまで、八人の皇帝が立った。すなわち――

太祖《たいそ》、太宗《たいそう》、真宗《しんそう》、仁宗《じんそう》、英宗《えいそう》、神宗《しんそう》、哲宗《てっそう》、徽《き》宗《そう》である。

八代目の徽宗《きそう》は、すなわち天界の長眉仙人《ちょうびせんにん》の生まれ変わりといわれるが、はなはだ神仙を好み、みずから道君皇帝《どうくんこうてい》と称した。そのころ、天下は太平になって久しく、まことに、

「馬を南山《なんざん》に放ち、刀槍《とうそう》を倉に入れる。五穀豊穣《ごこくほうじょう》、万民業《ぎょう》を楽しむ」

といったようすであった。

さて、宋による天下統一を予言した陳搏老祖《ちんたんろうそ》は、やたらと眠るのが好きなお人であった。彼は本来、眠りの中で悟りを開いて不老長生《ふろうちょうせい》となった神仙であるが、凡人たちはそれを知らず、「陳搏《ちんたん》は、あっという間に千年の居眠り」などとからかうのである。

ある日、老祖が昼寝している間、ふたりのお側《そば》の仙童《せんどう》、清風《せいふう》と明月《めいげつ》とは、暇《ひま》をもてあましていた。そこで清風《せいふう》は明月《めいげつ》にいった。

「明月《めいげつ》、お師匠さまはいつになったら起きるか知れない。ふたりで前の山までちょっと遊びにいかないかい?」

「いいね、そうしよう」

ふたりは、洞門《どうもん》を出て、暇つぶしに出かけた。松の小道は清くひっそりして、竹の葉は微風にそよぐ。磐院石《ばんいんせき》と呼ばれるたいらで大きな石のところまで来ると、碁石が並べたままに残されているのが見えた。清風《せいふう》が友人に問いかける。

「明月《めいげつ》、誰がここで碁をさして、いままで残ってい

るのか、わかるかい？」

「その昔、趙太祖《ちょうたいそ》（太祖皇帝・趙《ちょう》匡《きょう》胤《いん》）が関西《かんせい》（潼関《どうかん》の西の地方、つまり陝西《せんせい》省一帯）に出かけたとき、この地を通りかかり、お師匠さまと碁をさしました。そして、お師匠さまは太祖に二百両勝って、証文《しょうもん》を書かせたのです。後に太祖が即位すると、お師匠さまは証文を持って山をおり、お祝い言《ごん》上《じょう》に都を訪ね、年貢《ねんぐ》の免除を願い出ました。そのときの碁盤こそがこれなのです」

「よし、よくおぼえていたね、そのとおりだ。暇つぶしに、一局お相手願おうか」

「師兄《しけい》がそういうのでしたら、お相手いたしましょう」

ふたりが向かい合ってすわり、まさに一局、始めようというとき、突然、空中で雷のような大音響が聞こえた。ふたりがあわてて上を見ると、天の西北の角の方に、黒い気が立ちこめ、東南の方に近づいており、いかにも恐ろしげであった。清風《せいふう》が叫んだ。

「明月《めいげつ》、大変だ。天地がひっくり返ったにちがいないぞ！」

ふたりはあわてふためき、雲床《うんしょう》のところにやってきてひざまずいた。

「お師匠さま、大変です。おめざめください。天地がひっくり返ろうとしています！」

老祖は夢たけなわのところをふたりに起こされ、しかたなく起きあがり、ともに洞府《どうふ》を出て、天を見あげた。老祖はうめいた。

「なんとなんと、平和な時代もこれで終わりか、なげかわしい」

「お師匠さま、いったいどのような因果《いんが》でしょうか。私どもは未熟でわかりません。ぜひお教えください」

「お前らふたりは修行がたらぬゆえ、わからぬであろう。まあよい、教えてやろう。この因果は、今上《きんじよう》皇帝（徽宗《きそう》）が君主としてのつとめをおろそかにし、賢臣をしりぞけて奸臣《かんしん》をもちい、浪費《ろうひ》をかさねて百姓《ひやくせい》（人民）に重税を課すというところから生じた。天界の玉皇大帝《ぎよくこうたいてい》は赤須龍《せきしゆりゆう》を下界に遣《つか》わし、北方の人として生まれ変わらせ、後に中原《ちゆうげん》を侵略させ、その宋の天下を乱し、万民に戦乱の災いを受けさせることにしたのだ。天罰とはいえ、なんともむごいことではないか」

「お師匠さま、今日その赤須龍《せきしゆりゆう》が下界に下ってきたのでしょうか？」

「そうではない。これは釈迦《しやか》如来《によらい》が、大鵬鳥《たいほうちよう》を下界に下し、赤須龍《せきしゆりゆう》と戦って宋朝を守るようにはからわれたのだ。見るがよい、もうすぐ飛んで来るぞ。お前たちふたりは、洞門を見張っておれ。わしはそいつがどこに降《くだ》って生まれ変わるのか見てまいる」

　そして両足を踏みしめるや、雲に乗った。大鵬は悠々とはばたきつつ黄河《こうが》の岸辺へ飛んでいく。

　大鵬は河南相州《かなんそうしゆう》（現在の河南《かなん》省安陽《あんよう》）まで飛んでいくと、ある家の屋根に降りたち、姿が見えなくなった。

　老祖も雲からおりると、身を揺すって年老いた道《どう》人《じん》に姿を変え、一本の曲がった杖を手にして、その家を訪ねた。時に宋の崇寧《すうねい》二年（西暦一一〇三年）のこと、徽宗《きそう》皇帝の御宇《みよ》である。

　さて、その家の主は姓は岳《がく》、名は和《わ》といった。夫人の姚氏《ようし》は四十歳になるが、ようやく男児に恵まれたのであった。岳和《がくわ》は五十代にさしかかろうという歳であったが、男子が生まれたと聞いて、もちろん大喜び、家堂神廟《うじがみさま》に蠟燭《ろうそく》をともし香を焚《た》き、いそがしく走りまわっていた。そこに陳摶《ちんたん》老祖が道人に姿を変え、大手をふって、荘園の門にやってくると、年老いた門番におじぎをしていった。

「貧道《やつがれ》、腹がへってたまりませぬので、斎《とき》（食事）

を求めにまいった次第《しだい》、どうかほどこしてくださらんか」

年老いた門番は頭を振った。

「老師父《おししようさん》、めぐりあわせが悪いですなあ。うちの員外《いんがい》（お金持ち）は善行をほどこすのが大好きで、普段なら、老師父ひとりはいうまでもなく、十八二十人でもお斎を出すんですがね。それが昨年、南海の普陀山《ふださん》にお香をあげて子宝をお願いしたところ、はたして菩薩《ぼさつ》さまの霊験《れいげん》のおかげで、安人《おくさま》は帰ってくると、すぐに身ごもられました。そして今日お坊っちゃんが生まれたので、家中てんてこまいですよ。今日のところは、どこか他の家にいってくださ い」

「やつがれ、遠路はるばるここまでやってまいりましてな。あるいはご縁があるやも知れませぬから、どうか聞くだけ聞いてみてくださらんか。許されようと許されまいと、やつがれの気がすみますでな」

「それじゃそこに腰かけていてください。員外に申しあげてきます」

門番は家のなかへはいっていき、主人の岳和《がくわ》に伝えた。

「外でひとりの道人が、お斎を求めております」

「お前は年を重ねているわけだから、わからないことはないだろう。今日は小官人《せがれ》が生まれて、てんてこまいだし、まして出産があって汚《けが》れた家だ。私がお斎を差しあげるのは何でもないが、その道人はお経を読む人なのに、汚れた体でお寺にもどるようなことになっては、かえって申しわけないじゃないか」

門番はもどってくると、長者の言葉を老祖に告げた。老祖はねばった。

「今日、ご縁があってここに来たのです。お手数ですが、もういちど『福があればあなたさまが受けてください。罪があればやつがれが引き受けます』と申しあげてくださいませ」

門番はしかたなく、もういちど老祖の言葉を伝えた。員外は首を振った。

「べつにお斎をあげたくないのではないんだよ。ほんとうにつごうが悪いんだ。いったいどうしたものだろう」

「員外、あの人を責めることはできませんよ。あたりは荒れた村に野や畑で、飯店《めしや》もないんですから、ここで断られたらどうしようもありません。だんなさまがお斎を出すのは厚意なんですから、神仏の罰があたるなんてことはないでしょう」

岳和《がくわ》は考えてみて、うなずいた。

「それもそうだ。お前、お招きしておくれ」

門番は承知すると、出ていって、すこし恩を着せた。

「老師父、私がいろいろ口添《くちぞ》えしたおかげで、員外はやっとお前さんをお招きすることになさったよ」

「ありがたや、ありがたや」

老祖はそういいながら、中堂《おもや》にやってきた。

岳和《がくわ》が見てみると、この道人は、鶴のような白髪に童顔、骨格はすっきりとして、俗人ばなれしているので、あわてて階《きざはし》をおりて出迎えた。正庁《きゃくま》に着くと挨拶《あいさつ》して、主客わかれて席に着く。

岳和《がくわ》は弁明した。

「老師父、むげにお断りしたかったわけではございませんが、ただ、出産の汚れがお師匠さまを汚してしまわぬかと心配したのです」

「『積善《せきぜん》、人の見る無しといえども、存心《ぞんしん》、自《おの》ずから天の知る有り』と申します。員外のお名前をお聞かせ願えないでしょうか」

「それがし、姓は岳《がく》、名は和《わ》と申しまして、代々ここ相州湯陰県《そうしゅうとういんけん》に住んでおります。ここは孝弟里《こうていり》の永和郷《えいわきょう》、それがしにはいささかの財産があり、何町歩かの田畑を所有しておりますので、人はみな、ここを岳家荘《がくかそう》と呼びます。失礼ですが、老師父は法号《ほうごう》をなんとおっしゃるのでしょうか。また、どちらで修行なさっておられるのでしょうか?」

「やつがれ、法号を希夷《きい》と申します。四海をめぐり、いく先々を家としております。今日お屋敷に参ったところ、おりしも坊っちゃんが生まれたとのこと、これも何かのご縁でしょう。もしここへ坊っちゃんを抱いてきてくだされば、やつがれ、坊っちゃんにいかなる厄《やく》があるものか見て、お祓《はら》いして差しあげますが、いかがですかな」

「それはいけません。お産の汚れが三光《さんこう》(日月星の光のこと)に触れれば、それがしばかりでなく、老師父も神仏にとがめられましょう」

「ご心配なく。雨傘をさしさえすれば、汚れは天地に触れないし、鬼神《きしん》もみなおどろいて近寄りませんし」

「そういうことでしたら、どうぞおすわりくださ い。それがし家内と相談してまいります」

岳和《がくわ》は、使用人にお斎の用意をするようにいいつけ、自分は寝室にはいって、夫人に会った。

「どうだね、調子は」

「天地神明《てんちしんめい》とご先祖さまのおかげによりまして、何ごともございません。赤ちゃんを見てください、元気でしょう?」

岳和《がくわ》は赤ん坊を見ると、喜んで抱きあげ、夫人に告げた。

「じつは道人がひとり、屋敷にお斎を求めてきたのだよ。『長年の修行を積んで、厄祓いの法を身につけている』とかでな。この子を見て、もし厄があれば、祓ってくれるそうだが」

「生まれたばかりの赤子ですから、出産の血が神明を汚すのは、つごうが良くないのではありませんかしら」

「私もそういったのだが、その道人は私にいい方法を教えてくれた。雨傘をさして、身を隠して出ていけば、差しさわりなく、しかも邪は遠くへ避けるそうなんだ」

「そのようでしたら、気をつけて抱いていってください。どうか赤ん坊を驚かせないように」

「もちろんだ」

長者は、従者に雨傘を開いて頭上にさしかけさせると、赤ん坊を抱いて正庁にもどってきた。老祖は赤ん坊を見ると、しきりにほめたたえた。

「なんとすばらしい坊っちゃんだ。名はつけられましたかな」

「今日生まれたばかりですので、まだつけておりません」

「やつがれご無礼でなかったら、坊っちゃんに名をつけて差しあげますが、いかがですかな」

「老師父が名をくださるのでしたら、それはありがたいことです」

「私が見るに、お坊っちゃんは容貌すぐれ、成長の暁《あかつき》には、かならずや前途は開け、大きなことを成しとげ、天高く飛翔《ひしょう》するに相違ありません。そこで名は〝飛《ひ》〟として、成人後の字《あざな》は〝鵬挙《ほうきょ》〟。これでいかがでしょう」

長者はそれを聞いて大いに喜び、何度もお礼をのべた。老祖はいった。

「ここは風があたりますから、坊っちゃんを奥につれていってくだされ」

「承知しました」

岳和《がくわ》は赤ん坊をもとどおり寝室に抱いていって寝かせ、道人がつけてくれた名のことを、くわしく夫人に話して聞かせた。夫人もたいそう喜んだ。

岳和《がくわ》はふたたび正庁にもどって、老祖をもてなした。老祖は申し出た。

「じつは、やつがれ、ただいまひとりの同門の友人とともにまいりました。彼はこの先の村にお斎を求めにいき、やつがれはこちらにまいりましたが、『もし施主《せしゅ》（ほどこしをしてくれる人）がいたならば、呼びにいって、ともに斎にあずかろう』と約束したのです。さいわい、やつがれがこうしてお斎をいただけることになりましたので、その友人を呼んできて、ともにご厚意を受けたいと思うのですが、お許しくださいますか」

「どうぞ、どうぞ。ただ、その方はどちらにいらっしゃるのですか。それがしが呼びにまいりましょう」

「出家人《しゅつけにん》のいく先は定まりません。やつがれが自分で探しにまいります」

立ちあがって正庁を出ると、内院《なかにわ》にふたつの物があるのが見え、老祖は何度もうなずいた。

「よろしい、よろしい」

はからずも老祖がこのふたつの物を見たがために、相州《そうしゅう》城内は、ひとしきり洪水の波濤《はとう》にあい、内《ない》黄県《こうけん》中に、幾人かの英雄好漢《こうかん》がつどう、ということになるのである。

このさき、生まれたばかりの岳飛《がくひ》の運命はいかがあいなりますか。それは、次回のお楽しみ。

第二回　花缸《かめ》を見て　老祖《ろうそ》術を使い　孤寡《こか》を撫《ぶ》して　員外《いんがい》恩を施《ほどこ》す

さて、老祖《ろうそ》が岳和《がくわ》と正庁《きやくま》から出てくると、内院《なかにわ》にふたつの大きな美しい花缸《かめ》が、ならべてあるのが見えた。実は、長者が金魚を飼おうと近ごろ買ってきたのだが、まだ水を張っていなかったのである。老祖はおおげさに、おどろいてみせた。

「やや、これはすばらしいかめだわい」

近よると、曲《ま》がった杖の先でかめの中に呪文を書き、口の中でもひそかに呪文を唱《とな》え、法術をしっかりとおこなってから、門を出た。岳和《がくわ》はついていって、荘園の門まで送った。老祖は一礼した。

「もし先の方の村までいって、べつに施主《せしゆ》がいましたら、こちらへはもうおじゃましません」

「そのようにおっしゃらないでください。老師父《おししようさん》が先の村にいって、ご友人を見つけたら、ごいっしょに拙宅《せつたく》までおいでいただきたい。何日か泊まっていただいて、お斎《とき》を差しあげることができたら、ようやく私の気もすみます」

「ありがとうございます。今後、三日のうちに、坊っちゃんに何ごともなければ、申すこともありません。ですが、もし何かこわがるようなことがあったら、夫人《おくがた》が坊っちゃんを抱いて、内院《なかにわ》のあの大きな美しい模様《もよう》のあるかめの中にすわれば、生命は助かりましょう。しっかりと私の言葉をおぼえて、ゆめ忘れることのないように」

岳和《がくわ》はわけがわからないまま、やたらとうなずいた。

「承知しました、承知しました。どうかご友人を見つけて、ごいっしょにいらっしゃってください。心からお待ちしておりますぞ」

老祖は別れを告げ、岳和《がくわ》に村の門まで見送られ、飄然《ひょうぜん》と山へ帰っていった。

岳和《がくわ》の喜びはつづき、三日目になると、家中をさまざまに飾りつけた。あいにくの雨だったが、親戚友人たちがみな、生まれて三日目の三朝《さんちょう》のお祝いにやってきた。挨拶《あいさつ》がすむと、岳和《がくわ》は席を設けて客たちをもてなした。人々は口をそろえて祝福した。

「歳をとってから子を得るとは、これ以上の幸せはありませんな。どうか奥さまに、赤ちゃんを抱いてきて我々に見せてくれるようにお伝えください」

岳和《がくわ》はふたつ返事で承知すると、寝室にいって、夫人に話した。そしてこの間と同じように、従者に傘をさしかけさせ、正庁に抱いてきて、人々に見せた。人々は、赤ん坊が頭は高く額は広く、鼻はまっすぐ口は四角な容貌であるのを見て、口々にほめたたえた。

「これはりっぱなご人相《にんそう》だ。将来が楽しみですな」

ひとりの若者がそそくさと前にやってくると、赤子の手をつかみ、さっと持ちあげて叫んだ。

「なんとすばらしい小官人《ぼっちゃま》だ」

その声も終わらぬうちに、赤ん坊は驚いて激しく泣きはじめた。その若者は狼狽《ろうばい》した。

「や、こりゃまずい。きっとお乳が飲みたいのでしょう。早くつれていってください」

岳和《がくわ》はあわてふためき、赤ん坊を抱いて寝室へ駆《か》け去った。客人一同は、みなこの若者に非難の目を向けた。

「長者は五十路《いそじ》にさしかかってようやくこの子を授《さず》かったのだから、掌《てのひら》の上の宝石のようなものだ。それを、軽率なことをするものだから、泣き出してしまって、家中を騒がせてしまい、我らも興ざめじゃないか」

　客たちは年老いた使用人に尋ねた。

「小官人は落ち着かれたか」

「小官人は泣いてばかりで、お乳も飲もうとしません」

「やれやれ、これはどうしたものか」

　客たちは体裁《ていさい》が悪く、場は白けきった。雨がやまないので帰路《きろ》を心配する人も出てきて、ひとりまたひとりと帰っていき、しばらくすると、ほとんどいなくなってしまった。

　岳和《がくわ》は部屋にとりのこされた。おさない息子は泣きやまず、手のほどこしようもない。夫人は恨《うら》みごとをいうばかりだった。ふと岳和《がくわ》は、一昨日の道人がいったことを思い出した。この子が三日のうちに何かこわがるようなことがあったら、夫人に子どもを抱いて内院《なかにわ》のかめの中にすわらせれば、何ごともないであろう、と。

　夫人に話してみると、夫人は何の手だてもないところであったから、すぐさま立ちあがった。

「そのようでしたら、すぐにこの子を抱いていきましょう」

　夫人は衣服をしっかりと身につけると、侍女に命じ、絨毯《じゅうたん》を持ってきてかめの中に敷かせた。姚氏《ようし》夫人が岳飛《がくひ》を抱いて、ようやくかめの中にすわったと思うと、天も崩れんばかりの音が響きわたった。老朽化していた堤防がくずれたのだ。洪水が滔々《とうとう》とあふれだし、岳家荘《がくかそう》を大海に変えてしまい、村中の人々は濁流《だくりゅう》のただなかにただようはめになった。

さて、生まれたばかりの岳飛《がくひ》は陳摶《ちんたん》老祖があらかじめ法力のあるかめを用意してくれたおかげで、生命を失わずにすんだのである。渦まく濁流のなか、岳和《がくわ》は必死でかめにしがみついていたが、夫人の姚《よう》氏《し》がかめの中で泣きながら叫んだ。

「これからいったいどうしたらよいのでしょう！」

「おまえ、これも逃《のが》れがたい運命だ。この子はお前にあずけた。どうか岳《がく》氏の血を絶やさないでおくれ。そうすれば、私は魚の餌《えさ》になっても、安らかに死ねる」

話し終わらぬうちに、手が少しゆるみ、ぱしゃっという音とともに、濁流に押し流されて、岳和《がくわ》の行《ゆく》方《え》はわからなくなってしまった。

夫人はかめの中にすわったまま、水の流れに従って、北京大名府《ほっけいたいめいふ》に近い内黄県《ないこうけん》までただよい流されてしまった。

その県城から三十里（宋代の一里は約五五三メートル）に麒麟村《きりんそん》という村があった。村には、姓は王《おう》、名は明《めい》、夫人は何氏《かし》という、同《おな》い年の夫婦がいて、生活は豊かであった。王明《おうめい》はある朝起きると、居間に使用人の王安《おうあん》を呼び寄せていいつけた。

「王安《おうあん》、城市《まち》までいって、だれか算命先生《さんめいせんせい》（占《うらな》い師）を呼んできてくれないか。私はここで待っているから」

「城市までは往復六十里もございますよ。いったい占い師の先生を呼んで、どうなさるのですか？」

「私は昨夜、夢を見たのだが、先生を呼んで占ってほしいのだ」

「もし運命鑑定でしたら、それがしにはできませんが、夢占いでしたら、それがし得意中の得意です。ただし、三つの占えない夢がございます」

「ほう、お前にそんな特技があったとはな。で、三つの占えない夢とは何だ？」

「夜も早いうちの夢は占えぬ、夜明けがたの夢は占えぬ、夢の初めをおぼえていてもおしまいを忘れてしまったら占えぬ、この三つです。深夜に見た夢で、はっきりとおぼえていれば、正確に占うことができます」

そこで王明《おうめい》は王安《おうあん》に話してみることにした。

「私のは真夜中に見た夢だ。空中に火が起こり、炎が天をつくほどたちのぼる夢を見て、おどろいて目がさめたのだ。いったいどんな吉凶《きっきょう》のしるしなのか」

王安《おうあん》はしかつめらしく答えた。

「それはそれは、おめでとうございます。火が起きれば、かならず貴人《きじん》に出会います」

王明《おうめい》は腹をたてて、どなりつけた。

「この狗頭《くとう》（ばかもの）め、夢占いなどできぬくせに。城市まで出かけるのが面倒なので、わしをたばかろうとしたに相違あるまい」

「そんなことはいたしません。先日、だんなさまのおともをして県城まで年貢を納めにまいりましたおり、書店の店先を通りかかり、『解夢《かいむ》全書《ぜんしょ》』という書物を買ったのです。信じられないとおっしゃるのでしたら、それがし取ってきてお見せいたします」

「よし、見せてみろ」

王安《おうあん》はすぐ一冊の夢占いの本を持ってきた。その一行を探して、長者に見せる。長者が受け取って見てみると、たしかに王安《おうあん》のいうとおりであった。

「なるほど、でたらめではないようだ。しかし、このいなかで、どんな貴人と出会うというのだろう」

半信半疑でいるところ、門の外で天をも震《ふる》わすほどに大騒ぎしているのが聞こえた。王明《おうめい》はおどろいて、王安《おうあん》にようすを見てくるよういいつけた。王安《おうあん》はほどなく駆けもどって王明《おうめい》に報告した。

「どこで大水が出たのかはわかりませんが、水辺にたくさんの物が流れ着いています。村人たちが、こぞってそれを取りにいっているので、このように騒々しいのです」

王明《おうめい》はこの話を聞くと、王安《おうあん》とともに、家を出て見物にいった。一歩一歩と岸辺に近づくにしたがって、隣近所の者どもが争うように漂着物を奪いあっているのが見えた。王安《おうあん》は遠くから奇妙な物が流れてくるのを見つけた。上には多くの鷹《たか》が羽をならべ、あたかも日除《ひよ》けの傘のように空中をおおっている。王安《おうあん》は指さして叫んだ。

「だんなさま、ごらんください。あそこの鷹の群《むれ》は、何か変ではありませんか」

王明《おうめい》が望んでみると、たしかに異様であった。何か流れてくる物があって、その上空を鷹の群が飛びまわっているのだ。

ほどなく、岸辺に近づいてくると、それは奇麗な模様《もよう》のかめであった。かめの中には女性がひとり、赤ん坊を抱いたままぐったりしている。人々はさまざまな漂着物を奪いあうのに夢中で、人を助けに来るわけもない。王安《おうあん》が近寄って鷹を追い払うと、王《おう》明《めい》を振り向いた。

「もしかして、この方が貴人ではありませんか」

王明《おうめい》は近寄ってひと目見ると、首を振った。

「中年のご婦人じゃないか。どうして貴人なんだ」

「その人が抱いている赤ん坊は、漂流しても死ななかったのですよ。誰か昔の人もいっているじゃないですか、『大難《たいなん》で死なないものには、かならず幸運があるものだ』と。まして、鷹がお守りしていたんですよ。大きくなったら、かならず貴人になりますよ」

「ふむ、なるほど」

そこで、王明《おうめい》はかめの中に向かって問いかけた。

「ご婦人はどこの方ですか。名前は何というのですか」

つづけざまに何度か尋ねたが、まったく答えなかった。

「はて、耳が聞こえないのかな」

じつは、夫人は、子どもを生んでわずか三日で、体が疲れているところに、またこの難儀《なんぎ》に出くわして、水面を回転しつつただよっていたので、すっかり目をまわし、頭はくらくらで、とうてい質問に答えられなかったのである。

王安《おうあん》が急いでかめに近づくと、大声で呼びかけた。

「ご婦人、耳は聞こえないのですか。うちのだんなさまがこちらでお尋ねです。あなたはどこの人で、何でまたかめの中なんかにすわっているんですか」

その女性、つまり岳和《がくわ》の妻である姚氏《ようし》は、人が呼んでいるのを聞いて、ようやく頭をもたげると、涙を流しながら問いかけた。

「ここはもしや地獄ではありませんか」

「いやいや地獄ではないよ。あなたも赤ん坊も生きておいでですよ」

王明《おうめい》はいそいで王安《おうあん》に命じ、近くの家に一杯の湯をもらいにいかせて、彼女に飲ませた。

「ご婦人、ここは北京大名府《ほっけいたいめいふ》の内黄県《ないこうけん》、麒麟村《きりんそん》です。あなたのお住まいはどちらでしょうか」

夫人はそれを聞くと、おぼえず悲しみにむせびながら答えた。

「私は相州湯陰県《そうしゅうとういんけん》の孝弟里《こうていり》、永和郷《えいわきょう》、岳家荘《がくかそう》の者です。洪水にあいまして、夫は濁流に流され、生死のほどもわかりません。家も田も、財産すべて流されてしまいました。私は死なない定《さだ》めだったのか、この子を抱いてかめの中にすわり、ここまで流されてきたのです」

夫人は声をたてて泣き出した。王明《おうめい》は王安《おうあん》をかえりみた。

「相州《そうしゅう》とはなあ。ずいぶん遠くから流されてきたものだ」

「だんなさま、哀れみをかけてあげて、母子《おやこ》ふたりを救ってあげましょう。家に置いてやり、何か仕事をしてもらっても、よろしいでしょう」

　長者はうなずいて、また夫人に語りかけた。

「ご婦人、それがし姓は王《おう》、名は明《めい》、家はすぐあちらです。さしつかえなければ、わが家にいらっしゃって、ひとまず落ち着きませんか。私が人をやってあなたの家が落ち着いているか調べさせてから、人をつけてお送りします。そして、夫婦親子がふたたびいっしょになれればめでたいことです。いかがでしょうか」

　夫人は深々と礼をした。

「ありがとうございます。わたくしども親子を留め置いてくださるのでしたら、まことにあなたさまは父母の生まれ変わりです」

「いやいや、これくらいあたりまえのことです」

　王安《おうあん》に夫人がかめを出るのを介添《かいぞ》えさせると、王《おう》明《めい》は村人たちに皮肉をいった。

「これはみなさん取っていかれないのですかな」

　人々は王明《おうめい》を嘲笑《ちょうしょう》した。物を取らずに、逆にふたりの穀潰《ごくつぶ》しをつれていくおろか者だというわけである。

　こうして岳飛《がくひ》母子は王明《おうめい》の屋敷の客となった。王《おう》明《めい》の妻も親切で、母子は心やすらかな日々を送ることができた。王明《おうめい》は使用人を湯陰県《とういんけん》までやってようすを調べさせた。洪水はようやくおさまったが、岳《がく》家の人々の消息はまったくわからなかった。岳《がく》夫人はそれを聞いて、声をあげて泣いた。王《おう》夫人が再三なぐさめて、ようやく涙をおさめた。これよりふたりの女性は姉妹同様になった。

　ある日、よもやま話に、王明《おうめい》にあととりの子どもがない、という話になった。岳《がく》夫人は意見を述べた。

「子孫がなくて家が絶えるほど不幸なことはございません。夫人《おくさま》のご了解をいただいて、妾《めかけ》をおとりになったらいかがでしょう。もし男の子、よしんば女の子であっても、生まれれば、王《おう》家の血は絶えずにすみます」

　この時代の中国としてはもっともな意見である。「血筋を絶やす」のが最大の悪であるから、それを防止する手段が必要なのだ。王《おう》夫人は、最初は気がすすまなかったが、岳《がく》夫人に勧《すす》められたので、仲人を頼み、妾を求めて王明《おうめい》に与えた。翌年になって、はたしてひとりの男の子が生まれ、王貴《おうき》と名づけられた。王明《おうめい》は心から岳《がく》夫人に感謝した。

　光陰《こういん》は過ぎさりやすく、月日は梭《ひ》のごとし（あわただしいこと）、岳飛《がくひ》はやがて七歳になり、王貴《おうき》は六歳になった。大観《たいかん》三年（西暦一一〇九年）である。

　王明《おうめい》は、手習いの先生を屋敷に招き、ふたりに勉強させた。村には湯文仲《とうぶんちゅう》と張達《ちょうたつ》という員外《いんがい》がいて、ともに王明《おうめい》の友人であったが、それぞれ息子の湯懐《とうかい》と張顕《ちょうけん》を送り出して勉強させた。ふたりは王貴《おうき》と同い年で、岳飛《がくひ》より一歳下だった。岳飛《がくひ》はきまじめに勉強したが、この三人の小頑皮《しょうがんぴ》（わんぱく）どもは、勉強しようとしないばかりか、一日じゅう家塾《かじゅく》（一族が費用を出しあってつくった寺子屋）で武芸のまねごとばかりしている。先生が少し小言《こごと》をいおうものなら、いうことを聞かないばかりか、逆に先生の髭《ひげ》をあやうく全部抜いてしまうところであった。

　先生はきびしくしつけようとしたが、いかんせんみなひとりっ子で父母に甘やかされており、どうすることもできず、しかたなく家塾をやめて帰っていった。何人かの先生をたのんだが、みな同様であった。

　あるとき王明《おうめい》は、岳《がく》夫人に告げた。

「ご子息ももう大きくなったことですし、ここにいては不便でしょう。門外に幾部屋かの空《あ》き家がありまして、そのまま使える家具もみな中にあります。ご夫人はあちらに住んで、日用の薪《たきぎ》や水は、私が人にとどけさせた方がよろしいと思うのですが、いかがでしょうか」

「ありがとうございます。何とぞよしなに」

王明《おうめい》は多くの柴・米・油・塩や日用の道具をととのえた。岳飛《がくひ》の母は暦《こよみ》を取り出して、吉日を選ぶと、その小さな家に引っ越した。毎日、隣近所の人の針仕事をやって、いくらかのお礼をもらうと、何とかわずかずつ貯金もできた。

ある日、母は岳飛《がくひ》にいった。

「お前も今年で七歳。もう小さい子どもではないのに、毎日遊んでばかりでは、将来どうなることやら。私が熊手《くまで》と籠《かご》を用意しておいたから、お前は明日、柴刈りをしてきなさい。王《おう》員外にすこしでもご恩返ししなくてはね」

「母上のおいいつけどおり、明日、柴刈りにいってまいります」

翌日の朝になると、岳飛《がくひ》は籠と熊手を持って戸口を出ながら、一人前のことをいった。

「母上、ぼくが家にいない間は、戸を閉めておいてください。あぶないですからね」

少年岳飛《がくひ》が山に柴刈りにいって、いかなる事件がおきますやら、それは次回のお楽しみ。

第三回　岳院君《がくふじん》　門を閉ざして子に課し
周先生《しゅう》　帳を設けて徒《でし》に授く

さて、岳飛《がくひ》は家を出ると、母のいいつけどおり、柴刈りに向かったが、どこに柴があるかわからない。考えながら、近くのはげ山を望んで歩いていった。足を踏みしめ、四方を見わたしても、少しの柴も見あたらない。一歩一歩、頂上まで登ってみると、あたりにはまったく人の来たようすはなかった。次の山に登って山の裏を望むと、七、八人の子どもたちがむらがって、荒れ野原で遊んでいる。そのうちふたりは、王明《おうめい》の左隣の家の子で、ひとりは張小乙《ちょうしょういつ》、ひとりは李小二《りしょうじ》といった。ふたりは岳飛《がくひ》と見ると、声をかけた。

「お前、何しに来たんだよ」

「母にいわれて、柴刈りに来たんだ」

子どもたちは声をそろえていった。

「いいところに来た。柴刈りなんてやめて、いっしょに遊ぼうや」

岳飛《がくひ》はまじめくさって答えた。

「母にいわれて柴刈りをするんだから、遊んでる暇《ひま》はないんだ」

子どもたちはせせら笑った。

「何を親孝行ぶってるんだ。もしおれたちといっしょに遊ばないのなら、きさまをぶつぞ」

「みんな冗談はやめておくれよ。何といわれても、こわくなんかないぞ」

「それじゃ、まさかおれたちがお前ひとりをこわがるというのか」

「いや、そんな……」

「問答無用だ！」

まず張小乙《ちょうしょういつ》がなぐりかかり、李《り》小二《しょうじ》はつづいて蹴りかかった。七、八人の子どもたちは、いっせいに岳飛《がくひ》を袋叩《ふくろだた》きにしようとした。しかし、岳飛《がくひ》はあっというまに三、四人を引っくりかえすと、すばやく逃げ出した。子どもたちは、

「逃げるのか、逃げるのか」

と口ではいったものの、岳飛《がくひ》が手ごわいのを見て、追いかけていこうとはしなかった。何人かは逆に岳飛《がくひ》の家にやってきて、わあわあ泣きながら、岳《がく》夫人に、岳飛《がくひ》がぶったのだといいつけた。

岳飛《がくひ》は子どもたちから逃れると、山の向こうまでいった。枯れ枝を折って、籠《かご》いっぱいに集め、日も暮れてから、籠を手に、悠々と家に帰ってきた。

岳《がく》夫人は籠の中がすべて枯れ枝であるのを見て、溜息《ためいき》をついた。

「私はお前に柴をかき集めてきなさいといったでしょう。それなのに、けんかして、人が押しかけてくるような騒ぎを引き起こしてしまうなんて。ましてこの枯れ枝は人さまの所有する山の樹木ですから、もし山主に見つかったら、泥棒あつかいされても文句はいえないのよ。それに、木に登って、落っこちでもして、何かまちがいでもあったら、お母さんは誰に頼ったらいいの？」

岳飛《がくひ》はあわててひざまずいた。

「母上、ごめんなさい。二度と母上をこまらせるようなことはしません」

「立ちなさい。もう柴刈りにはいかなくていいから。私は先日、王員外《おういんがい》のお宅で、何冊かの本をいただいてきました。明日から、私が勉強を教えてあげましょう」

「母上のいうとおりにします」

翌日から、岳《がく》夫人は本を開いて、岳飛《がくひ》に読書を教えはじめた。岳飛《がくひ》は生まれついて聡明《そうめい》だったようだ。一度教えればすぐに読めるようになり、一度読めばすぐに熟達《じゅくたつ》した。何日かすぎると、岳《がく》夫人はいった。

「お母さんはいくらか小遣《こづか》いをためてあるから、お前、持っていって、紙と筆を買っていらっしゃい。書き方を勉強するのも大事なことですからね」

「お母さん、紙や筆は、買いにいくことはないですよ。ちゃんとありますから」

「どこにあるんだい」

岳飛《がくひ》はにっこり笑うと、袋をかついで、家を出た。川岸にいって、袋いっぱいの川砂をすくい、また何本かの柳の枝を折って、筆のようにした。家にもどると、得意そうに夫人にいった。

「お母さん、この紙と筆は、お金を払って買う必要もないし、使いきることもありませんよ」

「なるほどね」

そこで、砂を机の上に敷きつめると、夫人は柳の枝を手にして、岳飛《がくひ》に文字を教えた。しばらくやっているうちに、岳飛《がくひ》は自分でも書けるようになった。その後、岳飛《がくひ》が家にいて、朝夕書物を読み、文字を練習したことについての話は、これまでとする。

さて、王《おう》員外の息子の王貴《おうき》は、歳は六歳で岳飛《がくひ》よりひとつ下であったが、生まれつき健康で力が強く、元気がありあまる性格だった。ある日、使用人の王安《おうあん》と、裏の花園で遊んでいて、百花亭《ひゃっかてい》と名づけた四阿《あずまや》にはいって腰かけると、卓の上にひとそろいの象棋《しょうぎ》が置いてある。王貴《おうき》は好奇心をおこした。

「これは何だい。何でたくさんの文字が書いてあるの。何に使うんだい」

「これは〝象棋〟というものです。ふたり向き合ってさして、勝負を競うものです」

「どうしたら勝てるの？」

王安《おうあん》の説明を聞くと、王貴《おうき》はいった。

「それは簡単だ。ちゃんとならべたら、いっしょにさしてみようや」

王安《おうあん》は駒《こま》をならべると、赤を王貴《おうき》の前に押しやった。

「小官人《ぼっちゃま》、お先にどうぞ」

「ぼくが先にやったら、お前の負けだよ」

「はあ、どういうことで？」

王貴《おうき》は駒をひとつ動かして胸をそらした。

「ほら、お前の負けだ」

「やれやれ、こんなさし方はありませんよ。やはり、私が教えてさしあげましょう」

王貴《おうき》は怒り出した。

「何だと、小童《こども》だと思ってばかにするのか！　負けを認めないならこうしてやる！」

象棋盤をつかむと、王安《おうあん》の頭に投げつけた。王安《おうあん》は不意をうたれ、もろに象棋盤で一発やられて、頭から血が飛び散った。

王安《おうあん》は悲鳴をあげ、両手で頭をかかえて、逃げ出した。すっかり興奮して、王貴《おうき》は後を追いかけた。王安《おうあん》が後堂《こうどう》（奥向き）まで走ってくると、王明《おうめい》は王安《あん》が頭中血まみれなのを見て、そのわけを尋ねた。王《おう》安《あん》が事情をまだ話し終わらないところに、ちょうど王貴《おうき》が追いついてきた。王明《おうめい》は激怒した。

「王安《おうあん》はお前よりずっと年長で、わが家になくてはならない男だ。無礼をはたらくと許さんぞ！」

そして、王貴《おうき》の頭に、つづけざまにいくつもげんこつを落とした。

王貴《おうき》は、飛ぶように走って部屋に入り、泣きながら王明《おうめい》の夫人にうったえた。

「母ちゃん、助けて！　父ちゃんに殺されちゃうよ」

この母子は血がつながっていないのだが、王貴《おうき》を生んだ妾が早く死んだこともあって、夫人は王貴《おうき》をかわいがり、甘やかしている。

「泣くんじゃないよ。わたしがついてるから」

窓に目を向けると、王明《おうめい》が怒りながらやってくるのが見えたので、夫人は部屋の戸をあけた。王明《おうめい》はどなった。

「あの小畜生《わるガキ》はどこにいる!?」

夫人は答えもせず、いきなり夫の頬を張りとばすと、大声で泣き出した。

「このおいぼれ！　ようやく生まれたひとり息子じゃないの。いったい、どんな理由で、なぐり殺そうというのですか。ええ、ええ、わかりましたとも。こうなったら、子育てに失敗した責任をとって、あなたといっしょに死んでやる！」

興奮しきった王《おう》夫人は、王明《おうめい》に頭をぶつけようとした。ひかえていた侍女たちがあわてて近づくと、夫人を引っぱるのは引っぱり、なだめるのはなだめ、夫人を部屋の奥につれていった。王明《おうめい》は怒りのあまり口もきけず、やっとのことで一言、

「よし、よし、よし。お前がそんなにあいつを甘やかすのなら、好きにしろ。ただ、このままだと将来ろくなことにならんぞ！」

身を返して書斎にもどったが、悶々《もんもん》として怒りのやり場もない。

すると、門番がやってきて告げた。

「張《ちょう》家のだんなさまがいらっしゃいました」

王明《おうめい》は通させた。が、客の顔を見て、問わずにいられなかった。

「どうしたのかね、なんだかずいぶん怒っているよ

うだが」

張達《ちょうたつ》はうなり声をあげた。

「いや、おはずかしいことで。それがし、いささか癪《しゃく》を患《わずら》いまして、歩くのが大変なので、馬を一頭買い求め、足の代わりにしていたのです。それがなんと、せがれの張顕《ちょうけん》めが、毎日乗りまわして、ぶつかって人さまのものを壊し、それがしが弁償させられたこと、一度ではありません。なんと、今日もまた出かけて、人を踏んづけてけがさせたんですが、相手はうちの門口までかつがれて来て、大騒ぎするのです。それがしが何度もあやまって、治療費《ちりょうひ》に何両かの銀子《ぎんす》を渡して、ようやく帰ってもらいましたがね。当然あのドラ息子をしかりつけました。ところが、女房がかばいだてして、逆に私の顔をひっかくありさま。どうにも腹の虫がおさまらないので、話を聞いてもらおうとやってきたのです」

王明《おうめい》が口を開かないうちに、またひとり、大声で叫びながら入ってきた。

「まったく、どうしてくれよう、どうしてくれよう！」

見ると、それは王明《おうめい》と張達《ちょうたつ》の親友、湯文仲《とうぶんちゅう》である。ふたりはあわてて立ちあがって迎えた。

「これはいったいどうしたことですか」

湯文仲《とうぶんちゅう》は腰をおろしたが、怒りに声も出ず、しばらく呼吸をととのえてから話しはじめた。

「じつは金《きん》じいさん夫婦が、それがしの門前の家を借りて、甘豆湯《かんとうとう》（ぜんざい）の店をやっているのですが、なんとうちの湯懐《とうかい》のやつが、毎日甘豆湯を食べにいき、しこんだのをみんな食べたあげく、たりないと騒ぐのです。そこで次の日に多めにしこんでおくと、やつは食べにいかず、少なめにしこむと、また騒ぎにいくのです。金《きん》じいさんはどうしようもなく、それがしにいいつけに来たので、いくらか弁償して、湯懐《とうかい》をすこししかりました。ところがあのバカ息子は、昨夜、石を運んで、金《きん》じいさんの門口に積みあげたのです。今朝、金《きん》じいさんが起きて戸をあけると、石が倒れこんできました。じいさんは足をけがしたのですが、さいわい生命は無事だったのです。金《きん》夫婦は泣きながら私にうったえに来たので、しかたなく養生《ようじょう》するようにまた銀子を渡しました。それがしはバカ息子を何度かたたいたのですが、女房が、逆に死ぬの死なぬのとわめきだして、私は杖でなぐられてしまいました。どうにも腹の虫がおさまらないので、相談に来たのです」

王明《おうめい》は天をあおいだ。

「まあまあ怒りをおさえて。我々ふたりも同病でしてな」

三人とも、腕白《わんぱく》の度がすぎる息子になやまされているという事情がわかった。みな腹立たしく思ったが、どうしようもない。

ちょうどそこへ、門番がやってきていった。

「陝西《せんせい》の周《しゅう》さま、名を侗《とう》とおっしゃる方が訪ねていらっしゃいました」

三人の員外はそれを聞くと大喜び。急いでいっせいに門の外まで出迎えにいった。周侗《しゅうとう》という旅の老人を客間に迎えて、挨拶《あいさつ》をして席に着く。王明《おうめい》が口を開いた。

「おお、お久しぶりでございます。近ごろ東京《とうけい》(宋の首都開封《かいほう》の通称)にいらっしゃると聞いていましたが、今日はどのような風の吹きまわしで、こちらにいらしたのでしょうか」

周侗《しゅうとう》は微笑して答える。

「それがしも老いましたのでな。以前こちらにいくらかの農地を手に入れておいたのですが、代金を清算にいく途中、ついでにお三方に会いにまいったのです。元気そうなお顔を見て安心しました。すぐ帰りますよ」

王明《おうめい》は手を振った。

「せっかくの機会、何日か逗留《とうりゅう》していただくのが当然です。すぐ帰るなんて法はありませんよ」

いそいで台所に酒の用意をさせてもてなし、一方で使用人たちを荷物運びにやらせた。

「お別れしてから二十余年になりますが、夫人《おくがた》やご子息はどちらにいらっしゃるのでしょうか」

周侗《しゅうとう》は溜息《ためいき》をついた。

「妻は病死し、息子は西夏《せいか》国との戦いで陣没《じんぼつ》しました。息子とも思っていた弟子たちも死にまして、いまやまったく天涯孤独《てんがいこどく》です。お三方には、さぞよいご子息がおありでしょうなあ」

三人の員外は顔を見あわせた。

「隠さず話せば、我々三人は、ちょうどバカ息子どものために、愚痴《ぐち》をこぼしあっていたところなのです」

三人はそれぞれ三人の息子のことを話した。周《しゅう》侗《とう》は興味をいだいたようすだった。

「そのような年齢でしたら、どうして先生を頼んで、教育なさらないのですか」

「何人かの先生を頼んだのですが、みな息子どもに追い払われてしまったのです。このような強情な子に、だれが教えてくれるものですか」

周侗《しゅうとう》は愉快《ゆかい》そうな表情になった。

「それぐらい元気なほうが、むしろ将来、楽しみですな。教育しがいがありそうだ。ひとつ、それがしにまかせていただけませんか」

三人の員外は、おどろきかつ喜んだ。

「すると、こちらに留まってくださるのですな」

「さよう、しばらくお世話になって、ご子息がたをきたえてさしあげよう」

三人の員外は心から感謝した。その日、酒宴をもうけて心から周侗《しゅうとう》をもてなした。

翌日のこと、王貴《おうき》は外で遊んでいたが、ひとりの使用人に、周侗《しゅうとう》のことを聞かされた。

「だんなさまが厳しい先生をお招きしましたから、坊っちゃんがた、いままでのようにはいきませんよ」

王貴《おうき》はそれを聞いて、すこし考えていたが、張《ちょう》顗《けん》と湯懐《とうかい》を探して、相談すると、鉄尺《てつしゃく》や短い棍棒《こんぼう》を用意した。あたらしい先生とやらを痛い目にあわせて追いはらってやろう、というのだ。

翌日、員外たちはそろって息子を勉強につれて来た。教室は王《おう》家の家塾《かじゅく》である。

三人の父親たちを家塾から送り出すと、周侗《しゅうとう》は命じた。

「王貴《おうき》、本を読みなさい」

王貴《おうき》はせせら笑った。

「何だ、えらそうに。おれは自分より弱いやつの命令なんか聞かないぞ!」

手を伸ばして靴下の中を探ると、一本の鉄尺を取り出し、先生の頭めがけて打ちかかった。周侗《しゅうとう》は信じられないほどすばやく頭を横にそらし、片手で鉄尺を受けとめ、もう片手で王貴《おうき》の襟《えり》をつかんでぶらさげた。長椅子の上に倒すと、懲罰《ちょうばつ》用の笞《むち》を取って、王貴《おうき》を手きびしく打ちすえる。他のふたりも、周侗《しゅうとう》にかるくあしらわれてしまった。三人の悪童はすっかりおそれいり、おとなしく学問を教わるようになった。

岳飛《がくひ》は、周侗《しゅうとう》という不思議《ふしぎ》な老人が、三人の有名な悪童をおそれいらせたと聞いて興味を持った。そこで岳飛《がくひ》は壁を隔《へだ》てて、毎日踏み台に乗って塀《へい》の上に登り、窓の外で周侗《しゅうとう》の授業を熱心に聞くようになった。

ある日のこと、周侗《しゅうとう》は、

「私は三つの問題を出しておくから、解いておくように。帰ってきたら添削《てんさく》するからな」

そういって、外出した。

その日も岳飛《がくひ》は窓の外で授業を聞こうと思ってい

たが、周侗《しゅうとう》が出かけてしまったので、しかたなく帰ろうとした。

すると王貴《おうき》が岳飛《がくひ》を見つけた。手招きして窓から教室の中にはいらせると、岳飛《がくひ》を、ふたりの仲間に紹介する。

「こいつは岳飛《がくひ》というんだけど、えらく頭がよくて学問が好きなんだ。今日、周《しゅう》先生はおれたちに問題を出したけれども、えらくむずかしい。こいつにかわりにやってもらおうよ」

湯懐《とうかい》と張顕《ちょうけん》のふたりは声をそろえていった。

「それはいい。頼むよ、かわりにやっておいて」

岳飛《がくひ》は当惑した。

「でも、先生の気に入るような答えが書けるかな」

三人は口をそろえた。

「おれたちよりずっとましさ。何がなんでもお願いするよ」

王貴《おうき》は岳飛《がくひ》が逃げ出さないよう、家塾の戸に反対から鍵をかけてしまった。

「お腹がすいたら、引き出しの中にお菓子があるから、全部食べていいよ」

三人は遊びに走っていった。

岳飛《がくひ》は三人が以前に解いた答えを、しばらくながめていたが、それぞれの性格にあわせて、三つの答案を作った。先生の席に歩いていってすわると、溜息が出た。

「三人とも、もったいないことするなあ。あの周《しゅう》先生は、すごくりっぱな先生なのに」

立ちあがって筆を持ち、墨をふくませる。踏み台を持ってきて、上に立つと、塗り壁に何句か書きつけた。

書き終わると、一度読んでみて、またその八句の後に「七歳幼童岳飛《がくひ》偶題」の八字を書きつけた。「題」とは「書きつける」という意味になる。ようやく筆を置いたところに、突然、家塾の戸の鍵の音が聞こえた。振り返ってみると、王貴《おうき》、張顕《ちょうけん》、湯懐《とうかい》の三人がとびこんできて、あわてふためいて叫んだ。

「大変だ。逃げろ、逃げろ！」

岳飛《がくひ》はわけがわからず立ちつくした。

いったい何ごとがおこったのか、それは次回のお楽しみ。

第四回　麒麟村《きりんそん》に小英雄《しょうえいゆう》　義を結び　瀝泉洞《れきせんどう》に老蛇怪《ろうじゃかい》　槍を献ず

王貴《おうき》たち悪童三人組があわてふためいたのも、むりはない。おっかない周《しゅう》先生こと周侗《しゅうとう》老人が、予定よりずっと早く用をすませて帰ってきたのである。王貴《おうき》ら三人は、岳飛《がくひ》に代作してもらったことがばれるのを心配して、あわてふためいて叫んだ、というわけだ。

「早く帰れ。先生が帰ってきた。早く逃げろ、早く逃げろ」

岳飛《がくひ》はやむなく家塾《かじゅく》を出て家に帰っていった。

さてもどってきた周侗《しゅうとう》は、三枚の答案が目の前にあるのを見て、手にとって順に目を通してみた。いずれも文の道理が通っていて、小童《こども》にしてはじつによくできている。

「ほう、期待はしていたが、思った以上の進歩だ。三人ともいい素質《そしつ》をしとるな」

もう一度手にとって仔細《しさい》に読んでみると、ますますもってすばらしく思えた。ふと、疑念がわいた。

(ちょっとできすぎている。もしや誰かに頼んで代作してもらったのではなかろうか)

そこで王貴《おうき》に尋ねてみた。

「私が村にいっている間に、だれか家塾に来たかね？」

「いいえ、だれも来ていません、ほんとです」

周侗《しゅうとう》はうなずいたが、ふと、壁に何か書きつけてあるのに気づいた。立ちあがり、近寄って見てみると、一首の詩である。それほど形がととのってはいないが、言葉づかいには見るべきところがあり、また詩にこめられた抱負《ほうふ》も大きかった。最後まで読むと、岳飛《がくひ》の名が書いてある。周侗《しゅうとう》は思い出した。岳《がく》飛《ひ》という子は、家は貧しいがとても頭がよい、と、王明《おうめい》がいつも感心していたことを。そこで、王貴《おうき》を指さしていった。

「こら、嘘《うそ》をついてはいかんな。ここに、岳飛《がくひ》という子が来たという証拠がある。お前たち三人の答案は、すばらしいできばえだったが、どうもかわりに書いてもらったようだな。岳飛《がくひ》をつれてきなさい」

王貴《おうき》は家塾をとび出し、岳《がく》家に駆けこんで、岳飛《がくひ》に告げた。

「君が家塾の壁に、いったい何を書いたのだか知らないけど、先生はそれを見てかんかんになってる。君をつれてこいっていうのだけれど、きっとたたかれるぞ。どうする、逃げるか？」

岳《がく》夫人はそれを聞いて岳飛《がくひ》のほうを向いた。

「お前、むやみにこわがるんじゃないよ。失礼のないようにね」

「母上、わかりました」

母親と別れて、王貴《おうき》といっしょに家塾にやってくると、岳飛《がくひ》は周侗《しゅうとう》に深く礼をした。

「ただいま先生に呼ばれましたが、どのようなご用でしょうか」

周侗《しゅうとう》はしばらくじっと岳飛《がくひ》を見つめていたが、ひとうなずくと、王貴《おうき》に椅子を持ってこさせ、岳飛《がくひ》をすわらせた。

「この壁の上の詩は、君の作かね」

岳飛《がくひ》は顔を赤くした。

「はい、そうです。壁を汚してしまってごめんなさい」

「そんなことはかまわんが、もう字《あざな》はあるのかね」

「亡父が『鵬挙《ほうきょ》』の二文字を命名してくれました」

「それはりっぱな字《あざな》だが、君は書を、何という先生に習ったのかね」

「家が貧しいので、先生の教授は受けておりません。言葉は母から読むことを教わり、文字は砂の上で書くことを習いました」

「わかった、お母さんをつれてきなさい。相談がある。王貴《おうき》のご両親に同席していただこう」

王貴《おうき》はすぐさま家へとんでいった。

こうして、家塾に一同が顔をそろえ、挨拶《あいさつ》がすむと、周侗《しゅうとう》がいずまいを正して岳《がく》夫人に語りかけた。

「ご母堂にご足労《そくろう》願ったのは、他でもありません。坊っちゃんがとても賢いので、それがし養子《ようし》にもらい受けたく思い、ご母堂と相談いたしたく思ったのです」

岳《がく》夫人は聞くと、思わず涙を流していった。

「この子を生んで三日で、洪水にあいまして、危機に臨《のぞ》んで亡《な》き夫から重い頼みを受けました。さいわいにも恩人の王《おう》員外ご夫妻に引き取っていただきましたが、いまだご恩返しもしていません。私には他に子がなく、ただこの子だけにしか、岳《がく》家の血脈《けつみゃく》をつなぐことを望めないのです。せっかくのご厚意ですけど、承知することはできません。どうか悪く思わないでくださいませ」

周侗《しゅうとう》は熱をこめて説得した。

「それがしは決して勝手に失礼なことをしようというのではありません。坊っちゃんが書きつけた詩にこもった抱負から、後にかならずや大人物となるであろうと思いました。ただ、よい師の指導がなければ、『玉琢《みが》かざれば器を成さず』というものです。

惜しいことではありませんか。養子の話は、家を継《つ》ぐということではありません。名も変えなければ、姓も変えず、ただとりあえず父子の呼称で呼びあって、それがしがこれまで身につけた武芸と学問を、つぎの世代に伝えたいのです。後にそれがしが死にましたら、ご子息にそれがしの遺骨をとむらってさえいただければ、それで終わりです。どうか、お許しくださるまいか」

岳《がく》夫人がためらっていると、岳飛《がくひ》が口を開いた。

「姓名を変えないでよろしいのでしたら、父上、息子の礼を受けてください」

進み出て、周侗《しゅうとう》に、父に対する子の礼をほどこした。岳飛《がくひ》は久しく周侗《しゅうとう》の才能・学識を慕《した》っており、師とあおいで詩や学問を習い、武芸を教えてもらいたいがために、彼におじぎをしたのである。しかし、このおじぎこそが、のちの武昌開国公《ぶしょうかいこくこう》・太子少《たいししょう》保《ほ》・都《と》督大元帥《とくだいげんすい》・岳飛《がくひ》を生み出したのである。

岳飛《がくひ》は礼を終えると、また王明《おうめい》夫妻にも挨拶し、さらに母親の岳《がく》夫人に向かって、目の前で何回か礼をした。岳《がく》夫人は悲喜《ひき》こもごもであったが、もう何もいえなかった。王明《おうめい》は宴席を準備するようにいいつけ、人をやって張達《ちょうたつ》と湯文仲《とうぶんちゅう》を息子たちとともに呼び寄せた。これから岳飛《がくひ》がみんなと席を並べて学ぶことを公表したわけである。悪童たちは喜んで岳《がく》飛《ひ》の手をにぎった。このとき、岳飛《がくひ》、王貴《おうき》、張顕《ちょうけん》、湯懐《とうかい》は、師である周侗《しゅうとう》の前で、義兄弟の盟《ちぎり》を結んだ。このときまさに「精忠岳家軍《せいちゅうがくかぐん》」の第一歩が踏み出されたのである。

光陰《こういん》矢のごとし、いくたびか季節はめぐって、岳《がく》飛《ひ》は十三歳になった。政和《せいわ》五年（西暦一一一五年）である。兄弟たちは、みな家塾で朝夕勉強し、武芸をみがいていた。ある日、まさしく三月の天気、うららかな春に花の香りがただよっている。周侗《しゅうとう》が四人の弟子にいった。

「みんな、留守を頼むぞ。老友の志明《しめい》長老という、徳の高い高僧が、瀝泉山《れきせんさん》にいるのだが、久しく会っておらん。ひさびさに訪ねてみたいのだ」

岳飛《がくひ》が一同を代表していった。

「父上に申しあげます。またとない良い天気ですし、父上おひとりだけの旅路は、寂しいことでしょう。我ら一同をつれていってくだされば、父上のお供になりますし、我々がその高僧とお近づきになることもできます。いかがでしょう」

「ふむ、よかろう」

五人はそろって瀝泉山《れきせんさん》にやってきた。道中は春たけなわのながめ。一面の桃や柳があでやかさを競っているので、見るからに心楽しい。山の手前まで来て、周侗《しゅうとう》は何やら感じいったようすで口を開いた。

「この小山はすばらしいな。土の色もいいし、龍の勢いを受け、風を蔵《ぞう》し気を集め、まったく地相《ちそう》がよい。いったい誰のものだろうか」

王貴《おうき》が答えた。

「この山のあたり一帯は、みなおれの家のものです。先生が亡くなったら、ここに葬ってさしあげますよ」

岳飛《がくひ》がしかりつけた。

「何をいうんだ、縁起《えんぎ》でもない」

周侗《しゅうとう》は笑った。

「かまいはせぬ。死なない人がいるだろうか。死後に誰かがおぼえていてくれればよいのだ」

山を登りはじめ、夕方近く、林の茂みの間に、柴《しば》の門が目に入った。

門前を掃除していた小沙弥《こぞう》に案内をこう。ほどなく、志明《しめい》長老が、曲がった杖を手に持って出てくると、笑顔で出迎えた。

旧友どうし語りあかして、翌日のこと。朝食をとりながら、周侗《しゅうとう》が長老に語りかけた。

「こちらに瀝泉《れきせん》という泉があって、その水で茶をいれるととても美味《おい》しいと聞いていますが、まことですか」

「この山は、もともと瀝泉山《れきせんさん》という名でしてな。山の裏に洞窟《どうくつ》があるのですが、その洞窟の中の泉水は、すばらしく美味なばかりでなく、その水で目を洗うと、老眼が治るのです。この寺では、もともとその水を汲《く》んできて茶を点《た》てて客人に出していたのですが、近ごろ奇妙なことがおこりましてな。洞窟からいつももうもうと霧が噴き出し、それに触れた人は昏倒《こんとう》してしまうのです。そのために、泉の水をお出しすることができません。このところは、雨水しか飲んでおらんのですよ」

周侗《しゅうとう》は残念そうにうなずいた。

「そうですか、私もこのところ目がかすむようになりましてな。その泉の水で目を洗えたらよかったのですが」

岳飛《がくひ》はそばでそれを聞いて、ひそかに考えた。

(どうして霧などを恐れるのだろうか。もしかしてこの和尚《おしょう》さまが欲ばりで、名水を出すのが惜しいばかりに、わざとこのような話をしておどかしているのじゃないか。泉の水を取ってきて、父上に目を洗っていただいたら、孝行になるというものだ)

岳飛《がくひ》はひそかに小沙弥《こぞう》に山の裏への道筋を尋ねた。大きな茶碗を借りて、庵《いおり》の門を出ると、裏の方に向かう。はたして山の中腹に一筋の清流があり、そばの大きな岩の上に、『瀝泉奇品《れきせんきひん》』の四つの大きな文字が彫ってあったが、それは蘇東坡《そとうば》(蘇軾《そしょく》。宋の高名な文人・政治家)の筆跡であった。泉の上の岩の洞窟からは、胴体が升《ます》のように太い大蛇が頭を出し、眼光は四方を射て、口から涎《よだれ》をぽたぽたと水の中にしたたらせている。

岳飛《がくひ》は一瞬おどろいたが、茶碗を地面に置くと、大きな石を持って、しっかりと狙いをさだめた。蛇の頭めがけて力いっぱい投げつける。石は狙《ねら》いたがわず、蛇の頭に命中した。すると、ひゅうと音が響いて、またたく間に、霧が立ちこめた。大蛇は、銅の鈴のような眼を見開き、金色の光をあらわして、ぱっくりと口を大きく開くと、岳飛《がくひ》に向かって襲いかかってきた。

岳飛《がくひ》はあわてて身をそらすと、蛇の頭をやり過ごし、勢いに乗《じょう》じて蛇の尻尾《しっぽ》を引っぱった。雷のような音が鳴り響く。岳飛《がくひ》が落ち着いて確認してみると、手にしているのは蛇の尾などではなく、一丈八尺の長さの大きな槍であった。岳飛《がくひ》は茫然《ぼうぜん》としたが、ふと気づいて泉を見ると、すでに涸《か》れて、一滴の水もない。

岳飛《がくひ》は得意になって、片手に茶碗を持ち、片手にこの槍をさげて、庵にもどってきた。周侗《しゅうとう》に大蛇退治の武勇伝を告げ、槍を見せる。周侗《しゅうとう》は槍のみごとさに感歎《かんたん》しつつ、長老を呼んで事情を告げた。

長老は静かにうなずいた。

「友よ、この瀝泉槍《れきせんそう》は神器ですから、ご子息はかならずやただならぬ武勲《ぶくん》を樹《た》てられることでしょう。しかし、ここの風水《ふうすい》は、ご子息に破られてしまいました。拙僧《せっそう》は久しく留まっているわけにはまいりませんから、五代山《ごだいさん》（中国北方にある仏教の聖地）にもどるしかないようです。ただこの神槍《しんそう》は、ただの武器ではありません。拙僧は兵書を一冊持っておりますす。それには槍術と用兵の秘術が書いてありますが、ご子息に差しあげますので、心して学んでください。周《しゅう》どのとはもうお会いすることもないでしょうが、二、三十年の後、わが弟子の道悦《どうえつ》がどこかでご子息とお会いすることがあるでしょう。しっかりおぼえておいてください。ではこれにてお暇《いとま》いたします」

周侗《しゅうとう》は歎息《たんそく》した。

「これは、すべてそれがしの罪。とんだご迷惑をおかけしてしまいましたな」

「いやいや、これも前世の定めです。あなたに何の罪がありましょう」

長老は、居室から一冊の兵書を取り出し、錦《にしき》の箱に納めて、周侗《しゅうとう》に手渡した。

一同は別れを告げて山を下り、王家荘にもどった。以後、周侗《しゅうとう》は岳飛《がくひ》に槍術《そうじゅつ》を教えはじめたが、数日して他の三人を呼んだ。

「お前たちも、いつまでも武芸ごっこはしていられまい。本格的に教えることにしよう」

三人は喜んだ。

「まずお前はどの武器を学びたいか」

そう問われて湯懐《とうかい》は答えた。

「岳《がく》兄さんが槍を使っているのがすばらしいので、私も槍を学びたいです」

「よかろう。では槍術を授《さず》けよう。で、張顕《ちょうけん》は?」

「私が考えるに、槍はよいのですが、突きかかっても当たらないと、穂先をかわされてしまいます。槍の穂先に鉤《かぎ》がついているのがあればよいけど」

「そのような武器は『鉤鎌槍《こうれんそう》』といって実際にあるのだ。図面を書いてあげるから、お父上にお願いして作ってもらいなさい。そうしたら鉤鎌槍術を教えてあげよう。で、王貴《おうき》は?」

「私が考えるに、偃月刀《えんげつとう》に過ぎるものはありません。ひと斬《き》りに、少なければ三、四人、多ければ五、六人をぶった斬れます。ぜひ使いかたを教えてください」

「よろしい、偃月刀の術を授けよう」

これより、偶数《ぐうすう》の日には文を学び、奇数の日には武を習うことになった。周侗《しゅうとう》は世にかくれた武芸の達人で、指導は厳しく熱心であった。岳飛《がくひ》の槍術はおどろくべき上達をとげ、他の三人も、たいていのおとなでは対抗できないほどの技倆《うでまえ》になった。

さらに二年がすぎて、政和七年の秋。県の役所から通達があり、岳飛《がくひ》、王貴《おうき》、張顕《ちょうけん》、湯懐《とうかい》の四人は武《ぶ》

挙《きょ》（武官の登用試験）を受けることになった。

周侗《しゅうとう》は弟子たちに告げた。

「十五日に県城で一次試験がある。お父上にお願いして衣服・弓矢・馬などをととのえてもらいなさい。試験を受けにいく準備をするのだ」

王貴《おうき》たち三人は元気よく返事をすると、それぞれ帰っていった。

ところが岳飛《がくひ》は席にすわったまま考えこんでいる。ようやく師父《しふ》に向けた顔は悲しそうだった。

「私は試験を受けにはいけません。次の機会にいたします」

はたして岳飛《がくひ》は武挙の受験に出かけることができるのか、それは次回のお楽しみ。

第五回　岳飛《がくひ》　巧みに九技の矢を試み
李春《りしゅん》　概《がい》して百年の姻《いん》を締《むす》ぶ

「いったいどうして、そんなことをいい出したのだ?」

周侗《しゅうとう》に問われて、岳飛《がくひ》は残念そうに答えた。

「三人の弟は、みな家が豊かですから、弓も馬も衣服もりっぱなのをととのえてもらえるでしょう。でも私の家ではむりなことです。働いて、お金《かね》をためて、つぎの機会にするしかないのです」

周侗《しゅうとう》はうなずいた。

「わかった、ついてきなさい」

岳飛《がくひ》を自分の部屋に招きいれると、周侗《しゅうとう》はたんすからひとそろいの服、深紅の錦、一本の真紅の帯などを取り出し、卓上に置いた。

「せがれよ。この服だが、母上にお願いして、お前の体に合った戦袍《せんぽう》に作り替えてもらいなさい。あまりは頭巾《ずきん》にするとよい。王員外《おういんがい》が私にくれた馬を、お前が乗るのに貸してあげよう。十五日の朝になったら、県城までいかなくてはならないから、夜どおしで支度《したく》しなさい」

岳飛《がくひ》は大よろこびで礼をいい、走って家に帰った。

翌日、周倜《しゅうとう》のもとへ、湯懐《とうかい》、張顕《ちょうけん》、王貴《おうき》の三人がやってきた。

「先生にご挨拶いたします。父が先生に、このような服装でよろしいのか見ていただいてこいとのことです」

湯懐《とうかい》は頭巾も戦袍も沓《くつ》も白ずくめ、張顕《ちょうけん》は緑ずくめ、王貴《おうき》は紅ずくめだった。三人とも、まことにりりしい若武者ぶりだ。

「けっこうけっこう、みなたのもしいいでたちだ」

周倜《しゅうとう》が笑っていうと、三人は口々にいった。

「どうぞ明日、わが家にいらしてください。朝食の後、いっしょに城市《まち》へいきましょう」

「せっかくのお招きだが、それは辞退しよう。明日、みんなとは演武場《えんぶじょう》で落ちあうことにする。よろしくお伝えしてくれ」

さらに翌日の早朝、周倜《しゅうとう》は岳飛《がくひ》をつれて、まっすぐ演武場にやってきた。黒山のような人だかりだ。さまざまな市にやってきた者たちが商売しており、屋台の茶店や酒屋も大にぎわいである。

周倜《しゅうとう》は馬を門前の木につなぐと、屋台にはいり、父子ふたりで、ひとつの卓《テーブル》を占めて茶を飲んだ。王《おう》明《めい》ら三人の員外は、城内にみな知人があったので、それぞれ料理を演武場まで運びいれ、大きな屋台酒屋を選んですわると、小作人たちに周倜《しゅうとう》と岳飛《がくひ》を捜させた。すぐ見つかったので、三人の員外は、急いで子どもたちにふたりを呼びにいかせた。

周倜《しゅうとう》は彼らに会うと、すぐ指示した。

「お前たち三人はすぐ出場できるようにしておきなさい。知県《ちけん》（県知事。県は日本でいう市・郡にあたる）がもし鵬挙《ほうきょ》のことを尋ねたら、『後からすぐまいります』と答えておくように」

王貴《おうき》が小首をかしげた。

「岳大哥《がくあにき》はぼくたちと別行動なんですか」

「鵬挙《ほうきょ》の弓はちとぐあいが悪いので、手をいれる必要がある。だから先にお前たちが試験を受けなさい」

「わかりました」

まもなく、近在近郷《きんざいきんごう》からの受験者たちが、入り乱れてやってきた。多くは金持ちの子弟《してい》で、みごとに装《よそお》いをととのえて、選びぬかれた駿馬《しゅんめ》に、高価な美しい鞍《くら》を添えている。みな武挙に合格して都にのぼり功名をたててやろうと思っているのだ。

しばらくすると、知県の李春《りしゅん》が、前後にお付きの者どもを従えて、演武場までやってきた。馬をおりると、演武庁（演武場内の事務所）に座をさだめる。左右のものがすすめたお茶を飲むと、試験を受けにきた者どものいさましいようすが見えた。知県はひそかに喜んだ。

「今日、幾人か勇者を選ぶことができて、彼らが戦場で武勲《ぶくん》をたててくれたら、私にとっても名誉なことだ」

まもなく、担当の下役が名簿を持ってきた。知県はそれを見て、ひとりずつ呼び出すと、順に矢を比べさせ、それから騎射《きしゃ》を見た。このとき演武庁の前は、風を切る矢の音が絶えなかった。周侗《しゅうとう》と岳飛《がくひ》は茶店の中で、耳をそばだてて、武童《ぶどう》（武挙受験生）たちの矢の音を聞いていた。周侗《しゅうとう》が人の悪い笑いを浮かべたので、岳飛《がくひ》が尋ねた。

「父上、何かおかしなことでも？」

「いや、どうもいまのところ、ろくな技倆《うでまえ》の者はいないようだ。矢を比べているのに、弓の音は聞こえるが、命中をしらせる太鼓の音が聞こえないじゃないか」

たしかにそのとおりで、知県の李春《りしゅん》はすっかり失望していた。ようやく麒麟《きりん》村《そん》の番になり、呼び出し係が、

「岳飛《がくひ》」

と叫んだが、誰も答えない。また、

「湯懐《とうかい》」

と叫ぶと、湯懐《とうかい》が元気よく、

「はいッ！」

と答えた。張顕《ちようけん》と王貴《おうき》のふたりを呼ぶと、やはり元気よく答える。三人はそろって進み出た。彼らの父親たちは屋台で、目を見開いて、子どもたちが合格して都に受験にのぼるのを待ち遠しく眺めていた。そのとき、李春《りしゆん》は三人の武童に、これまでの受験生たちとは違うようすを見てとり、挨拶《あいさつ》がすむと、尋ねた。

「もうひとり、岳飛《がくひ》という者がいるはずだが、なぜ来ないのだ？」

湯懐《とうかい》が答えた。

「後からすぐまいります」

「よろしい、まずお前たちの弓矢を試そう」

すると湯懐《とうかい》が要求した。

「閣下《かつか》、的をもう少し遠くしてください」

「もう六十歩（一歩は約一・五四メートル。三百六十歩で一里）もあるぞ。もっと遠くする必要はなかろう」

「いえ、もう少し遠くしてください」

李春《りしゆん》は苦笑して部下にいいつけた。

「だそうだ。的を八十歩の距離に据《す》えよ」

張顕《ちようけん》がまた要求した。

「閣下、もう少し遠くしてください」

「わかった、わかった。ちょうど百歩に据えよ」

王貴《おうき》が叫んだ。

「閣下、もう少し遠くしてください！」

李春《りしゆん》はとうとう大笑いして、ひざをたたいた。

「自信満々の坊やたちだな。それならば、百二十歩に据えればよかろう」

こうして湯懐《とうかい》が一番目、張顕《ちようけん》が二番目、王貴《おうき》が三番目に射た。三人が弓を引いて矢を放つと、見ている人々は、声をそろえて喝采《かつさい》し、李春《りしゆん》も手をたたいて感歎《かんたん》の声をあげた。それまでの受験生とは逆に、三人の放つ矢はすべて的に当たり、一本のむだ矢もなかったからである。ただ太鼓をたたく音が聞こえ、矢を射る音はそれにかき消されて聞こえず、射終わってからようやく、太鼓も鳴りやんだ。

三人が演武庁にあがってくると、李春《りしゅん》は大喜びして、尋ねた。

「お前たち三人の弓矢は、誰に教わったのか?」

王貴《おうき》が胸をはって答えた。

「先生です」

「先生とは誰かね」

「師匠です」

李春《りしゅん》は大笑いした。

「お前の武芸は大したものだが、気はきかないようだな。どこの人で、何という名前なのだ?」

湯懐《とうかい》があわてて進み出た。

「師匠は陝西《せんせい》の人、姓は周《しゅう》、名は侗《とう》と申します」

李春《りしゅん》は目をみはった。

「なんとお師匠は、周《しゅう》先生か! 彼は私の旧友だが、長らくお会いしておらぬ。いまどこにおられるのか」

「いま外の茶店にいらっしゃいます」

李春《りしゅん》は聞くと、すぐ部下をやって、その場に周《しゅう》侗《とう》と岳飛《がくひ》を呼びよせた。

李春《りしゅん》と周侗《しゅうとう》は再会を喜び、語りあったが、中国ではこういうとき、あととりの話になることがしばしばである。周侗《しゅうとう》が尋ねる。

「お別れして久しくなりますが、李《り》どのは幾人のご子息がいらっしゃいますか」

「先妻はすでに亡くなりましたが、娘をひとり残しまして、十五歳になります」

「ご子息がいないのなら、ご再婚はなさらんのか」

「それがし、いささか持病がありまして、時ならず出てくるので、むりに再婚する気になれないのです。周《しゅう》どのの奥さまはお元気でしょうか」

「やはり死んでかなりたちます」

「それはそれは。ご子息はおありですか」

周侗《しゅうとう》は笑って後ろを振り向いた。

「せがれよ、挨拶しなさい」

岳飛《がくひ》は声に応じて進み出て、知県に向かって挨拶した。李春《りしゅん》はかるく眉をひそめた。

「これはご冗談を。このようなご子息が、いつ生まれたのですか」

「ほんとうのことをいえば、李《り》どののお嬢さまは実子ですが、この子はそれがしの養子なのです。名を岳飛《がくひ》と申します。知県閣下、どうかこの子の技倆《うでまえ》を見ていただけませんか」

李春《りしゅん》はうなずいた。

「周《しゅう》どのが見こんで養子になさるほどの若者だ。楽しみですな。者ども、的を取ってまいれ」

的が据えられると、岳飛《がくひ》は要求した。

「もう少しさげてください」

李春《りしゅん》は周侗《しゅうとう》を見やった。

「ご子息はどれくらいの歩数を射ることができるのですか?」

「せがれは幼いとはいえ、おとなもおよばぬ強弓《ごうきゅう》です。おそらく二百四十歩まで射ることができるでしょう」

李春《りしゅん》は心中、疑わしく思ったが、部下にいいつけた。

「的を二百四十歩に据えよ」

岳飛《がくひ》は少年ながら、周侗《しゅうとう》が伝授した〝神臂弓《しんぴきゅう》〟で、三百余斤《きん》の強弓を引くことができる。また左右に射ることもできるのだが、李春《りしゅん》は知る由《よし》もない。

岳飛《がくひ》は階《きざはし》をおりていき、足場を定めると、弓をかまえて矢をつがえ、さっさっとつづけざまに九本の矢を放った。太鼓をたたくものは、一本目の矢からたたきはじめ、九本目まで休みなくたたきつづけて、ようやくやめた。

試験見物の人々は、声をそろえて喝采し、何百人もの受験者たちは驚きに我を忘れてしまった。湯《とう》懐《かい》、張顕《ちょうけん》、王貴《おうき》は父親たちとともに見ていたが、やはり手を拍《う》ってほめたたえた。矢を取ってくる係の者が、九本の矢をまとめて捧《ささ》げ持ってくると、知県にしめしつつ声をはずませた。

「これほどの名人にはお目にかかったことがありません。九本の矢がひとつの穴から出て、鏃《やじり》を寄せあっております」

李春《りしゅん》は大喜びしたが、ふとある思いつきに駆《か》られ、やや性急《せいきゅう》に周侗《しゅうとう》に問いかけた。

「ご子息はおいくつになりますか。婚約はおすみですか?」

「むなしく十五年をすごしましたが、まだ縁談はございません」

「もしお嫌でなければ、娘をご子息にめあわせたく思いますが、いかがでございましょうか」

「それはすばらしいことですが、あなたはれっきとした朝廷のお役人。こちらは無位《むい》無官《むかん》の庶民。身分が釣りあわぬのではありませんか」

「そのようなよそよそしい話は不要です。それがし、この一言で約束しました。明日、娘の庚帳《こうちょう》(当人の生年月日時刻を書いたもの。相性その他、占いの基本で、婚約時にとりかわされる)をお送りいたします」

やたらと話が早い。その日の試験は無事に終わり、周侗《しゅうとう》は岳飛《がくひ》ら四人の武童と父親たちをつれて村へ帰った。翌日、さっそく李春《りしゅん》の部下が周侗《しゅうとう》のもとへやってきた。

「主人の命を受けまして、お嬢さまの庚帳を持参いたしました。どうかお納《おさ》めください」

周侗《しゅうとう》は岳飛《がくひ》にいった。

「これは、李《り》お嬢さまの庚帳だ。家に持ち帰って、堂上《どうじょう》(神棚)にお供《そな》えしなさい」

岳飛《がくひ》は返事をして、両手で受け取ると、家に帰って、母に知らせた。岳《がく》夫人は大いに喜び、まず祖先を拝んでからお嬢さまの生年を見た。話すのも不思議なことだが、なんと岳飛《がくひ》と同年同月同日同時刻の生まれであった。こうして岳飛《がくひ》の縁談は、花嫁の顔も見ぬうちにさだまってしまった。

さらに翌日の明け方、周侗《しゅうとう》と岳飛《がくひ》は洗面をすませると、村を出て、城市《まち》まで歩いていった。県庁の前にやってくると、一通の感謝状を屋敷の門に投じる。李春《りしゅん》はただちに屋敷の門をあけさせ、ふたりを出迎えて、官舎に通した。挨拶がすむと、岳飛《がくひ》は婚約の恩を拝謝《はいしゃ》し、李春《りしゅん》は半礼を返し、席について語りあった。酒と下酒《さかな》が出される。

やがて李春《りしゅん》がいった。

「今日、婿《むこ》どのがまいられて、何もお贈りする物がありませんが、それがし何十頭かの馬を持っております。ご子息に一頭お贈りしたいと思いますが、いかがですか」

周侗《しゅうとう》はよろこんだ。

「せがれは武術を学んでおりますが、自分の馬は持っておりませんでした。もしお贈りくださるのでしたら、ありがたいことです。酒は充分いただきましたから、いっしょに馬を見にいって、それからまたもどって飲みましょう」

「よろしいでしょう」

三人はそこで立ちあがって、いっしょに裏手の厩《うまや》にやってきた。

「鵬挙《ほうきょ》、しっかりと眼力を使って、よく選びなさい。舅《しゅうと》どのが贈ってくださるものだから、あとで取り替えるわけにはいかんぞ」

「はい、承知しました」

岳飛《がくひ》はこまかく馬を見てまわった。彼はもともと白馬がもっとも好きであった。だが、一頭も気にいるものはない。落胆《らくたん》する岳飛《がくひ》のようすを見て、李春《りしゅん》は首をかしげた。

「まさか、これらの馬は、みなお役に立たないのではありますまいな」

岳飛《がくひ》は頭《かぶり》を振った。

「これらの馬は、役に立たないわけではありません。金持ちの子弟《してい》がはでに飾った鞍を置いて、春の散策や見物にいくのには充分でしょう。私は、戦場に出て敵と剣をまじえ、功をたてることができる、そんな馬を選びたいのですが……」

李春《りしゅん》は溜息《ためいき》をついた。

「お気に召さない馬を何頭お贈りしてもしかたない。だが、どこにそのような好《よ》い馬がおりますかなあ」

話しているさなか、突然、壁の向こうから馬のいななく声が聞こえた。岳飛《がくひ》は目をかがやかせた。

「この声は、好い馬です。いったいどこにいるのでしょうか」

「せがれよ、声だけを聞いて、馬を見ていないのに、なぜ好い馬とわかるのだ?」

「声だけでもわかります。大きくて力にあふれてるじゃありませんか」

李春《りしゅん》が岳飛《がくひ》に同意した。

「たしかにそのとおりです。この馬は私の使用人・周天禄《しゅうてんろく》が、北方から買いつけてきたもので、もう一年あまりになります。力はたいそう強く、そのかわり気性が荒く、人を見ると、やたらに蹴《け》ったり嚙《か》んだりで、だれもいうことを聞かせることができません。ですから、売っても返品されて、そんなことが五、六回。しかたなく、壁の向こうの塀の内側につないであるのですよ」

岳飛《がくひ》は興奮した。

「その馬をぜひ見せてください。おねがいします」

「よろしい、もしあなたがいうことを聞かせられたら、その馬を差しあげましょう」

そこで馬丁《ばてい》に門を開けさせた。馬丁は注意した。

「岳《がく》さま、気をつけてください。この馬はこれまで何人もけがをさせてますからね」

岳飛《がくひ》は馬相を見ると、上着をぬぎすてて、進み出た。その馬は人が来たと見て、岳飛《がくひ》が近づくのを待たず、蹄《ひづめ》をあげて蹴りかかってきた。あやうく岳飛《がくひ》が身をかわす。その馬は、こんどは振り向いて嚙みついてくる。岳飛《がくひ》は後ろに身をかわすと、勢いに乗《じょう》じて、白手《すで》でたてがみを握りしめた。

この先どうなるのかは、次回のお楽しみ。

第六回　瀝泉山《れきせんさん》に岳飛《がくひ》　墓を廬《まも》り
乱草岡《らんそうこう》に牛皐《ぎゅうこう》　径《みち》を剪《さえぎ》る

古《いにしえ》より「ものにはそれぞれ持ち主がある」というが、この馬は岳飛《がくひ》の乗馬となるべき運命だったのであろうか。押さえこまれて二、三発平手で打たれると、彼に屈伏《くっぷく》して、もはや勝手に動こうとせず、岳《がく》飛《ひ》に牽《ひ》かれるのにまかせて空き地までやってきた。

よくよく見てみると、頭から尻尾まで、たっぷり一丈の長さはあり、蹄《ひづめ》から背まで、およそ八尺の高さである。頭は大きな兎《うさぎ》のよう、眼は銅の鈴のよう、耳は小さく蹄は丸く、尾は軽く胸は広く、どこも申し分ない。ただ、全身泥に汚れていて、色艶《いろつや》がよくわからなかった。近くに小さな池があるのを見て、岳飛《がくひ》は馬丁《ばてい》に、馬を洗ってくれるよう頼んだ。

馬丁は、馬に轡《くつわ》をかませると、池のほとりまで牽いていき、きれいにはけをかけてやった。あらためて見ると、全身雪のように白く、一本の混じり毛もない。岳飛《がくひ》は衣服をしっかり身につけると、馬を官舎の階《きざはし》の下につなぎ、部屋にあがって、義父となった人に心からお礼の挨拶《あいさつ》をした。

李春《りしゅん》はまた、家人に命じてひとそろいのみごとな鞍《くら》を取ってこさせ、馬の背に置いた。こうして岳飛《がくひ》は望みの馬を手にいれたのである。

帰路、周侗《しゅうとう》は岳飛《がくひ》に声をかけた。

「せがれよ、その馬は好《よ》い馬だが、じっさいに走らせてみたらどうかな。見かけだおしということもあるからな」

「ではやってみます」

そこでひと笞《むち》くれて、馬を走らせた。まるで風に乗ったかのよう、すばらしい走りっぷりだ。年老いた周侗《しゅうとう》も、自分の馬にひと笞くれると、手綱《たづな》をゆるめて追いかけていった。来たときの十分の一の時間で、村に帰りついてしまった。

翌日は、秋も深いというのに朝から妙にむしあつく、年老いた周侗《しゅうとう》は気分がすぐれなかった。そろそろ日も暮れようかというころ、目がくらみ、頭が痛くなってきて、すわっていられなくなり、寝台に這《は》いあがって寝た。たちまち胸と腹が腫《は》れるように気持ちが悪く、悪寒《おかん》がして熱が出てきた。岳飛《がくひ》はそれを知り、急いで看病にやってきた。二日目、さらに病気は重くなった。弟子たちがそろって看病におとずれる。弟子たちの父親はそれぞれ医者を求め、祈《き》禱師《とうし》にたのんで、しきりに気をもんだ。岳飛《がくひ》はそれにもまして心をいため、そばを離れずに看病した。

七日目になって、病はきわめて重くなった。岳飛《がくひ》も他の一同も内心、覚悟をきめ、みな寝台の前にひかえた。

周侗《しゅうとう》が岳飛《がくひ》にささやきかけた。

「お前、私が持ってきた箱などを、みんな持ってきなさい」

岳飛《がくひ》はすぐいわれたとおりにした。周侗《しゅうとう》は静かに一同に告げた。

「ご一同にここにいていただけるのは、ありがたいことです。それがしの病は膏肓《こうこう》に入り、もうまもなくお別れのようです。この岳飛《がくひ》は、私と親子のちぎりを結びましたが、なにも贈るものがありません。

恥ずかしいことに私は生涯さすらいの身で、貯蓄《たくわえ》もなく、ただこれらの物を、せめてもの記念にするばかりです。後のことは、ご一同でどうか取りはからってください」

員外《いんがい》たちは口々にいった。

「どうか安心して療養してください。病がいえさえすれば、そのようなことはいう必要もないのですから。もし不測のことがあっても、どうか鵬挙《ほうきょ》のことはご心配なく」

周侗《しゅうとう》はゆっくり、弱々しくうなずいた。

「王《おう》どの、あの瀝泉山《れきせんさん》の東南の小山の下に空き地がありますが、ご子息によればお宅の地所だとか。私をあそこに葬っていただきたいのですが、お許しくださるか」

王明《おうめい》は涙声で答えた。

「それがし、すべてうけたまわりました」

「ありがたい、お願いしますぞ」

周侗《しゅうとう》は一同を見わたした。

「よろしいか、ご一同がご子息に功名をたてさせたいのなら、けっして鵬挙《ほうきょ》から離れてはなりませんぞ」

いい終わると、痰《たん》が詰まってこときれた。時に政《せい》和《わ》七年（西暦一一一七年）九月十四日、享年《きょうねん》七十九歳であった。

岳飛《がくひ》は痛哭《つうこく》してやまず、人々の悲しみも深かった。ただちに員外たちは屍衣《しい》や棺をととのえて、霊《れい》柩《きゅう》を王家荘に安置した。僧侶《そうりょ》や道士《どうし》を呼んで四十九日のお経をあげ、瀝泉山《れきせんさん》のそばに送って葬った。埋葬が終わると、岳飛《がくひ》は墓の上に小屋を組み立てて、墓守をした。三人の義弟がかわるがわる彼につきそう。

時は過ぎ去りやすく、秋も冬も過ぎ、年があらたまって二月の清明節《せいめいせつ》となった。員外たちは息子をつれて、ひとつには周侗《しゅうとう》をお祀《まつ》りするため、ふたつには岳飛《がくひ》を慰めるために、墓参りにやってきた。王明《おうめい》が呼びかけた。

「鵬挙《ほうきょ》、お前の母君は家におられて、誰もお世話をする者もないのだから、いつまでもここにいるわけにはいくまい。小屋をかたづけて、私らといっしょに帰ろう」

岳飛《がくひ》はどうしても帰ろうとはしなかった。王貴《おうき》が眉をあげた。

「もう岳大哥《がくあにき》は孝の道を充分につくされた。こうなったら実力行使あるのみ。この小屋をたたきこわすまでだ」

「よし、おれたちもてつだうぞ」

ほどなく、三人の兄弟は、お前が引っこぬけ、おれが倒す、という具合に、小屋をきれいさっぱりこわしてしまった。岳飛《がくひ》はどうしようもなく、ひとしきり泣きながら墓を拝むと、振り返って員外たちにお詫びをいった。

員外たちは輿《こし》に乗ると、先に村にもどっていった。

岳飛《がくひ》ら四人の兄弟は、帰路の途中で弁当を広げ、地面にすわって酒をくみかわした。四人で飲むのは、ずいぶんひさしぶりのことだ。

「岳《がく》大哥、あなたのお母さんは家にひとりきりで、とても寂しくしていたけど、今日あなたが帰るので、ようやくひと安心ですね、よかったよかった」

湯懐《とうかい》がいうと、張顕《ちょうけん》がそれにつづけた。

「大哥、おれたちは学問も武芸も未熟なのに、これからどうやって功名をたてたらよいのかなあ」

岳飛《がくひ》は寂しげに答えた。

「賢弟《けんてい》たち、私は養父が亡くなってしまってから〝功名〟の二文字は、まったく頭にないよ」

王貴《おうき》が身を乗り出した。

「そんな世すて人みたいなことをいわないでくれよ。功名をたてなきゃ周《しゅう》先生のご恩にむくいることもできないだろ」

岳飛《がくひ》が答えようとしたとき、突然後ろの方で草のざわつく音が聞こえた。王貴《おうき》が身をひるがえし、足で草の間をかき回してみると、草むらの中から人影がとび出してきた。

「大王さま、おたすけください！」

早くも王貴《おうき》はつまみあげて、

「さっさとお宝を出せ！」

とどなりつけた。岳飛《がくひ》はあわてて近寄り、しかりつけた。

「冗談はやめて、はやく手を放せ」

王貴《おうき》は大笑いして、その人を放した。岳飛《がくひ》は尋ねた。

「私たちは悪人ではありません。ここでお墓をお祀りして、酒を飲んでいるだけです。なぜ私たちを〝大王〟と呼んだのですか」

「大王」というのは、山賊《さんぞく》の首領をおだてて呼ぶときの名だ。その人はめんくらったように四人の少年を見まわした。

「なんと、相公《わかさま》がたでしたか」

そこで草むらの中に向かって呼びかけた。

「お前たち、みんな出てこい。悪者じゃない、相公がただ」

枯れ草の中でざわざわという音が聞こえたと思うと、ぞろぞろ二十人あまりの人が歩いて出てきた。みな荷物や雨傘をかついでおり、声をそろえていう。

「相公がた、ここは酒なんか飲むところではありませんよ。道の前方は乱草岡《らんそうこう》というところで、もともとは平和なところだったのです。近ごろ、どこから来たのかわかりませんが、ひとりの山賊がそこにいついて、行き来する人の財宝を奪おうとするようになりました。いまも行商人の一行をさえぎりとめております。わたくしどもは、裏手を回って小道を抜けてここに来たのですが、相公がたが大勢でいらっしゃるので、悪者ではないかと思い、草の中に隠れていたのです。思いがけなく相公がたを驚かせてしまいました。わたくしどもは、内黄県《ないこうけん》までいこうと思っております」

岳飛《がくひ》は教えてやった。

「内黄県《ないこうけん》へは山を下ってまっすぐの街道です。安心していきなさい」

人々は感謝し、喜びながら立ち去った。

岳飛《がくひ》は兄弟たちに声をかけた。

「私たちもかたづけて家に帰ろう」

すると王貴《おうき》が好奇心を顔じゅうに満たして提案した。

「大哥、その山賊はいったいどんなやつなのか、みんなで会いにいかないか」

「そんなやつに会ってどうする気だい？」

「そりゃ会ってから決めるさ」

「私たちは武器も持っていないんだ。もしもそいつが襲いかかってきたら、どうする気だ」

岳飛《がくひ》はたしなめたが、張顕《ちょうけん》や湯懐《とうかい》も口々にいう。

「おれたち兄弟四人が、たったひとりの山賊を恐れることもないだろう」

「そうとも、武官になって何万もの敵と戦おうというのに、たかが山賊をこわがってどうするんだ」

岳飛《がくひ》は苦笑した。

「わかった、それじゃそこらの木を引きぬいて棍棒《こんぼう》がわりにしよう」

三人の兄弟たちはよろこび、それぞれ一株の木を引き抜いた。根と枝を払い、全員一本ずつ手にして、山の裏のほうから乱草岡《らんそうこう》へと向かって歩く。

遠くから望むと、たしかにひとりの山賊がいる。その山賊は、年はまだ若く、岳飛《がくひ》たちと同世代のようだ。色はあさぐろく、たくましい身体つき、頭には鑌鉄《ぴょうてつ》の兜《かぶと》をかぶり、身には鑌鉄鎖子連環甲《さしれんかんこう》をつけ、内には真っ黒の袍《ほう》を着こんでいる。またがる馬も黒く、両手には二本の鉄の鐧《かん》をにぎっていた。鐧というのは鍔《つば》のついた鉄の棒で、これで一撃されれば骨もくだけるという殴《おう》打《だ》用の武器だ。十五、六人の旅人が地面にひざまずいて、生命《いのち》ごいをしていた。

「わたくしどもは大したものは持っておりません。大王さま、どうかお助けを」

「さっさと出すものを出せば、生命だけはたすけてやろう。けちなことをいうなら、お前たちまとめてみな殺しだぞ」

岳飛《がくひ》はそれを見て、三人にいった。

「賢弟たち、あの山賊はひとかどの好漢《こうかん》らしい。私が先にいって手合わせしてみるから、賢弟たちは遠くから見ていてくれ。けっして近寄ってはいかん」

湯懐《とうかい》が心配した。

「大哥はまったくの丸腰だ。危険ですよ」

「見たところ、あの男は乱暴者のようだから、智恵を使うべきだ。力ずくではだめだろう。もし私がかなわなかったら、それから君たちがやってきても遅くはないさ」

岳飛《がくひ》は山賊の目の前に歩いていって、のんびりと声をかけた。

「やあ君、それがしがやってきたから、その人たちを逃がしてやってください」

若い山賊は、岳飛《がくひ》を見て、ふんと鼻を鳴らした。

「いい度胸だ。このおれさまに向かって指図《さしず》するとはな。ついでだから、お前からももらってやろう。何かよこしな」

「当然ですとも。昔から申します、『山にあっては山で食え、川にあっては川で食え』とね。どうして差しあげないことがあるでしょうか」

「何だ、あんがい、ものわかりがいいじゃないか」

「私は行商人の息子で、仲間や車はみな後から来ます。この人たちは、放してやりなさい。その分まで、私らが大王さまにいささか多めに差しあげればよろしいでしょう」

山賊はそれを聞くと、人々に声をかけた。

「よし、気前のいい客が来たから、お前らみたいな貧乏人はゆるしてやる。とっとといっちまえ！」

人々はそれを聞いて、頭をさげると、這《は》い起きて、生命からがら走り去った。

山賊は岳飛《がくひ》に向きなおった。

「さあ、あいつらは放してやったぞ。出すものをちゃんと出せ」

岳飛《がくひ》は笑った。

「私はそういいましたが、ただ私のふたりの仲間が承知しないのです。どうしましょうか」

「お前の仲間とは誰だ。どこにいるんだ」

岳飛《がくひ》はふたつの拳《こぶし》をゆらしていった。

「これが私の仲間ですよ」

「それはどういうことだ」

「もしあなたが彼らに勝ったら、全財産をあなたに差しあげよう。もしかなわなかったら、そんな考えは捨てなさい」

山賊はまっかになって怒り出した。

「お前はいささか腕におぼえがあって、虎の髭《ひげ》をひねりに来たようだな。よし、お前が白手《すで》なら、おれも武器をすてよう。白手どうしだ、容赦はせんぞ！」

いいながら、山賊は二本の鐗《かん》をすて、白手で猛然と打ちかかった。兄弟たちはそれを見て、みなびっくり仰天し、とび出そうとすると、岳飛《がくひ》は相手の攻撃を受けようともせず、あざやかに身をかわし、逆にその男の後ろにまわりこんだ。その男は振り返ると、また殴りかかってきたが、岳飛《がくひ》は、身をひるがえし、同時に右足を飛ばす。ただ一撃、その男の左の肋《あばら》をひと蹴《け》りして、地面に転がした。

湯懐《とうかい》たちはそれを見て、声をそろえて叫んだ。

「やったやった、さすがは大哥！」

かの好漢は、ごろごろ転がって這い起きると、大声で叫んだ。

「ええい、何たるざまだ！」

彼は腰の間の剣を抜くと、思いがけぬ行動に出た。刃を首にあて、自刎《じふん》しようとしたのだ。岳飛《がくひ》はあわてて腰に抱きつくと、叫んだ。

「好漢、なぜそんなことをする!?」

「おれはいままで人に打ち倒されたことはない。今日、恥をかいたからには、ええい、もはや生きてはおられぬ！」

「気が短いお人だ。あなたは私に負けたわけでもなく、自分で靴が滑《すべ》って転んだのだろう。もし自刃《じじん》してしまったら、生命をむだにするばかりだろうに」

山賊は岳飛《がくひ》を見つめ、剣をおろした。表情をあらため、言葉づかいまでていねいになる。

「お名前はなんとおっしゃいますか。どちらにお住まいですか」

「私は姓は岳《がく》、名は飛《ひ》で、麒麟村《きりんそん》に住んでいます」

「麒麟村《きりんそん》!? もしかして周侗《しゅうとう》というお人をご存じないか」

「それがしの養父です。あなたはどういうわけで知っているのですか」

若い山賊はうなり声をあげ、両手を地について頭をさげた。

「なるほど、あなたに負けたわけです。なんと周《しゅう》先生のお子さんとは！ 申しわけないことをいたしました」

岳飛《がくひ》はあわてて助け起こした。

あらためて岳飛《がくひ》はこまかに来歴《らいれき》を尋ねた。その男は大きな身体をちぢめながら答える。

「正直にいいますと、おれは牛皐《ぎゅうこう》、字《あざな》は伯遠《はくえん》と申します。周《しゅう》先生とおなじ陝西《せんせい》の出で、祖先も軍人の出身です。おれの父が死ぬまぎわに、『もしせがれに名を成させたかったら、周侗《しゅうとう》という人に弟子いりさせろ』と母に遺言しましたので、われら母子ふたりは、故郷を離れてこちらに周《しゅう》先生を訪《たず》ねて来たのです。ここを通りかかると、一群のちんぴらどもが追いはぎをしているのに出くわし、おれは山賊の頭《かしら》を撃ち殺して、この甲冑《かっちゅう》と馬を奪い、ちんぴらどもをみな追いはらいました。そこでついでにここで、いくらかの品物を奪っていたのですが、それはひとつには食べていくため、ふたつには奪ったものを周《しゅう》先生への手みやげにするためです。それが今日、思いがけなく、あなたのような好漢にお会いしたわけです。岳《がく》どの、どうかおれといっしょに母に会ってください。そして、おれを周《しゅう》先生の弟子にしてください」

　岳飛《がくひ》は手を振った。

「あわてないで。私には何人かの義兄弟がいますが、呼び寄せて引きあわせましょう」

湯懐《とうかい》ら三人は、そろってやってくると、それぞれ名を名乗った。

　牛皐《ぎゅうこう》の道案内で、四兄弟は山道を歩いていった。たいして遠くまで歩く必要もなく、山蔭《やまかげ》にやってくると、石の洞窟《どうくつ》があり、外には柴の扉がしつらえてある。牛皐《ぎゅうこう》は中にはいると、老母に事情を話して聞かせ、老母は客たちを出迎えた。老母が、亡夫の遺命で周侗《しゅうとう》をさがしていることをひととおり話すと、岳飛《がくひ》は涙をこぼしながら答えた。

「不幸にも養父は、昨年九月に亡くなりました」

　老母は岳飛《がくひ》の表情を見て、自分も涙を流した。

「私は亡夫にこの子を託されて、千里を遠しともせずにやってきたのですが、なんと周《しゅう》さまはすでにお亡くなりだとは。我が子は教えを受けられず、将来名を成す日もないでしょう。これまでの苦労がむだになってしまいました」

「どうか悲しみなさいますな。それがしは亡き養父の手並みにはおよばないとはいえ、その表面だけはいささか受け継いでおります。今、こちらに来られたからには、いっしょに私の家までいらっしゃって落ち着いて、我ら兄弟四人といっしょに武芸を習練なさってはいかがですか」

　牛皐《ぎゅうこう》の母はようやく喜んで、すぐわずかな荷物をひとつにまとめた。牛皐《ぎゅうこう》は母を介添《かいぞ》えして馬に乗せると、荷物をかつぎ、兄弟たちと王家荘に向かった。

　岳飛《がくひ》の母から三人の員外《いんがい》へと、事情がつたえられる。その日のうちに、王《おう》員外の家で宴席が設けられ、牛皐《ぎゅうこう》母子を歓迎し、牛皐《ぎゅうこう》の母を岳《がく》夫人と同居させることと決まった。吉日を選び、牛皐《ぎゅうこう》に岳飛《がくひ》ら四人と兄弟の盟《ちぎり》を結ばせた。岳飛《がくひ》は牛皐《ぎゅうこう》に亡父ゆずりの武芸を伝授し、また学問もおろそかにしなかった。

　徽宗《きそう》皇帝の政和八年、この年十一月に改元されて重和《ちょうわ》元年（西暦一一一八年）となる。宋王朝の統治のもと、国内の平和は百五十年ほどもつづいていた。朝廷には政争があり、国境に紛争《ふんそう》はあっても、豊かでのどかな時代はひさしく、すぐ近くに大乱と滅亡がひかえているなど、誰も想像していない……。

　年がかわって重和二年にはいったある日、兄弟五人は、村の前の麦打ち場で槍や棒の練習にはげんでいた。すると、ふと向かいの林に目をとめた王貴《おうき》が、そこにいる人影に駆け寄ってどなりつけた。

「こら。この怪しいやつめ、うちの村に何を探りに来た!?」

　王貴《おうき》につかまった人は、あわてず騒がず、深々とおじぎをし、幾言かを話したがゆえに、岳飛《がくひ》がふたたび英雄の手並みをあらわし、昔の財産屋敷を再興《さいこう》することになるのである。

　いったいその人が何をいい出すのかは、次回のお楽しみ。

第七回　飛虎《ひこ》を夢みて徐仁《じょじん》　賢を薦《すす》め
賄賂《わいろ》を索《もと》めて洪先《こうせん》　職を革《うしな》う

さて、その人は岳飛《がくひ》ら四人に手を組んでおじぎをした。

「わたくしはこの村の里長《りちょう》（村落の中の区域の長）でございます。相州《そうしゅう》の節度使《せつどし》（軍司令官）・劉《りゅう》閣下が、県まで文書を送ってこられましてな、各地の武《ぶ》挙《きょ》受験者は、みなあちらにいって試験を受けて、合格してはじめて都にいって受験できるということです。そこで、みなさまがたにお知らせにあがったのです。けっして怪しい者ではありません」

聞けば何でもないことだ。岳飛《がくひ》は里長に礼を述べて帰した。

翌日、岳飛《がくひ》は馬に乗って県城へいき、内黄《ないこう》県庁をおとずれて、知県《ちけん》の李春《りしゅん》に面会した。

「私は相州《そうしゅう》に院試《いんし》（二次試験）にいかなくてはなりませんので、お別れにまいりました。もうひとり、あらたに義を結んだ兄弟がいて、やはり試験を受けにいきたいのですが、先日受験していませんでしたので、名簿に書き加えていただきたいのです」

「そなたの義兄弟であるならば問題はない。書き加えてあげるが、その者の名は？」

「牛皐《ぎゅうこう》と申します」

「わかった。すぐ書き加えよう。ところで婿《むこ》どのが相州《そうしゅう》にいくのだったら、書状を一通書くので、持っていってほしい」

李春《りしゅん》は宴会の支《し》度《たく》をするよう部下にいいつけ、一方では書斎にはいって書状をしたため、封をすると、出てきて岳飛《がくひ》に渡した。

「私の同期が、相州《そうしゅう》で湯陰県《とういんけん》の知県をしている。名を徐仁《じょじん》というが、正直な為人《ひととなり》で、名声が高い。節度使閣下も、たいそう彼を重んじている。婿どのはこの書状を持っていって、彼に見せなさい。そうすれば、この二次試験の件でも、よけいな手間がはぶけるだろう」

岳飛《がくひ》は手紙を受け取り、しまいこむと、お礼の挨《あい》拶《さつ》をして村にもどった。

翌日になって、みな王貴《おうき》の父親の荘園に集まった。岳飛《がくひ》ら五人の兄弟は、それぞれ父母に別れをつげ、荘園を出て馬に乗ると、相州《そうしゅう》めざしてうち発《た》った。黄河ぞいに、旅がつづく。夜が明けると出発し、夜になると宿を取り、兄弟たちは談笑《だんしょう》しながら、みな無邪気に旅を楽しんでいたが、ただ岳飛《がくひ》は心中思った。

「私はもともと先祖代々、湯陰県《とういんけん》が本籍で、他の所に流れていったのだ。それがこんど故郷をたずねていくことになるとはなあ」

思わず涙ぐんだ。どうも岳飛《がくひ》は涙もろいようだ。

三日ほどで、相州《そうしゅう》に着いた。兄弟が南門をはいると、一里ほども歩かないうちに、多くの客店《きゃくてん》（旅館）があった。一軒の宿の入り口の上に、看板がかけてあり、「江振子安寓客商《こうしんしあんぐうきゃくしょう》」と七つの大きな字が書いてある。岳飛《がくひ》が宿の内部をのぞくと、なかなか清潔そうなので、五人は馬からおり立った。

主人がいそいそと出迎え、給仕に五人の荷物を階上に運ばせ、馬の世話もさせる。主人自身は五人の若者が茶を飲む相手をした。岳飛《がくひ》たちの姓名と来歴を聞くと、急いで歓迎の酒食をととのえる。

岳飛《がくひ》は主人に尋ねた。

「いまは何時ごろですか」

「お昼ですが、どちらかへお出かけで?」

「書状があるので、県庁まで出かけたいのだが、もうおそいかなあ」

「いやいや、充分まにあいますとも。こちらの知県さまは、ここでもう九年もお務《つと》めですが、清廉《せいれん》なお役人で、まことに『両袖の清い風、民を愛することは子どものよう』というものです。何度か栄転の話があったのですが、百姓《ひゃくせい》(人民)に引きとめられました。あの知県さまが役所に出ると、日が暮れて初めて退座《たいざ》なさいますから、まだまにあいますよ」

「ここから県庁まではどのくらいありますか」

「そんなに遠くありませんよ。うちの店を出て東に向かい、南に曲《ま》がっていけば、県庁舎が見えます」

岳飛《がくひ》はそれを聞くと、すぐ李春《りしゅん》にもらった書状を用意し、義兄弟たちとともに、県の役所へ向かった。

さて、知県の徐仁《じょじん》は、前夜、奇妙な夢を見た。この日仕事をしようと出座《しゅつざ》すると、両側にはすでに下役人たちが控《ひか》えている。知県は尋ねた。

「私はゆうべ夢を見て、とても驚いたのだが、そなたたちのうち夢判断ができる者はおらぬか」

するとひとりの小役人、あだ名を「百識《ものしり》」という男がしゃしゃり出て、申しあげた。

「わたくし、夢判断が得意でございます。知県さまは何を夢にごらんになったのですか」

「昨夜の三更《さんこう》(午後十一時から午前一時)のころあい、夢に五匹の虎があらわれたのだ。いきなりとびあがって、私にぶつかってきたので、思わず驚いて目がさめて、冷や汗をかいてしまった。いったいどのような吉凶《きっきょう》の兆《きざ》しだろうか」

物知りは両手をもんだ。

「おめでとうございます。昔、周の文王《ぶんおう》は夜、飛熊《ひゆう》の夢を見て、後に太公望《たいこうぼう》と出会いました」

「何を申すかと思えば。わしのような小役人の夢に、周の文王など持ち出しおって。不謹慎《ふきんしん》にもほどがあるぞ！」

しかりつけられた物知りは、答える言葉もなく、こそこそ席にもどった。

突然、門番が報告した。

「内黄県《ないこうけん》から五人の武士がまいりました。『李《り》知県の書状がありますのでお目どおりを願いたい』と申しております」

「お通しせよ」

やってきたのは岳飛《がくひ》ら五人である。挨拶をすまし、書状を差し出した。知県は受け取ってそれを読み、また五人のありさまが非凡であるのを見て、心中ひそかに考えた。

（昨夜の夢は、もしかしてこの五人に応じているのではなかろうか）

そこで尋ねた。

「諸君はどこに宿をとっているのか」

岳飛《がくひ》は答えていった。

「門生《わたくし》どもは、南門内の江振子《こうしんし》の客店に泊まっております」

「そうか、では、ひとまず帰りたまえ。節度使閣下の中軍官《ちゅうぐんかん》（将軍などの連絡係をつとめる軍人）の洪《こう》先《せん》は、それがしと親しいので、人をやって諸君を世話してくれるように頼んでおく。明日、節度使府にいって試験を受ければよかろう」

岳飛《がくひ》らは知県にお礼をいい、役所を出て宿にもどった。

一夜が過ぎ、翌日、五人はそろって節度使府の中軍官に会いにいった。岳飛《がくひ》は進み出て申しあげた。

「武生《ぶせい》（県・州・府試の合格者）岳飛《がくひ》ら五名、閣下に武芸をごらんになっていただきにまいりました。お取り次ぎをお願いいたします」

洪先《こうせん》は聞くと、振り向いて、家将《かしよう》（郎党）にささやいた。

「こいつら、おきまりのものを送ってきたか」

「いえ、何にも送ってきていません」

「ちっ、気のきかないいなか者め」

舌打ちして向きなおると、つめたく洪先《こうせん》はいいはなった。

「岳飛《がくひ》、お前の知らぬことだが、今日、閣下は武芸の試験はなさらぬ。三日してからまた来い」

岳飛《がくひ》たちはしかたなく退出して宿に帰った。

道すがら兄弟たちと今後のことを相談していると、たまたま徐仁《じよじん》が四人かつぎの輿《こし》に乗り、衙役《がやく》（部下）たちを左右にしたがえているのが見えた。目の前にさしかかったので、五人はそろって馬からおり、道ばたに控えて立った。徐仁《じよじん》は輿の中でそれを見つけ、止まるようにいいつけて、岳飛《がくひ》に話しかけた。

「私はこれから洪《こう》中軍（中軍官・洪先《こうせん》）のところへ、試験のことをうまく取りはからってくれるように頼みにいくところだが、なんと君たちがこんなに早く帰ってくるとは。試験はどうだった？」

岳飛《がくひ》は一礼して正直に答えた。

「あの中軍は、きまりのものを送っていないので、三日してまた来るようにといいました」

徐仁《じよじん》は憤然《ふんぜん》とした。

「なんとでたらめな。そうと聞いて、ほうってはおけぬ。君たち、ついてきたまえ」

五人は徐仁《じよじん》に従って節度使府の正門までやってきた。手本《しゆほん》（ふたつおりの大きな名刺）を差し出す。伝宣官《でんせんかん》（取り次ぎ係の役人）が出てきてひと声、

「湯陰県《とういんけん》知県、謁見《えつけん》をゆるす」

と伝えると、両側の叫び声が聞こえてきた。左右

に控えた部下たちが、威厳を増すために、低い音で「オォー」と声をのばすのだ。徐仁《じょじん》は腋門《えきもん》（脇門）をはいると、役所の正庁にやってきてひざまずいた。相州《そうしゅう》節度使・劉光世《りゅうこうせい》が徐仁《じょじん》に声をかける。彼は歴代の武門の出身で、この年三十一歳になったばかりであった。

「まあ立つがよい」

徐仁《じょじん》は立ちあがると、おじぎをして告げた。

「それがし、大人《たいじん》に申しあげます。今、大名府《たいめいふ》内黄《ないこう》県《けん》の武生五名が、閣下に武芸の試験をしていただきたいと求めております」

劉光世《りゅうこうせい》は、はいってくるようにと命じた。旗牌官《きはいかん》（軍中の連絡係の下士官）が命を受けて、岳飛《がくひ》たちをはいらせると、五人は壇上《だんじょう》にひざまずく。

劉光世《りゅうこうせい》が岳飛《がくひ》ら五人の容貌を見ると、みな非凡なようすなので、徐仁《じょじん》とおなじく、心中とても喜んだ。すると中軍官の洪先《こうせん》が正庁にあがってきて口をはさんだ。

「この五人の武芸は凡庸《ぼんよう》であると、私めがすでに見とどけましたので、帰って修練を積み、次回の試験にまた来るようにさせてございます。それがどうしてまたやってきて、閣下にご無礼するのでしょう。けしからぬことで」

徐仁《じょじん》は洪先《こうせん》をにらみつけた。

「この中軍官はおきまりの袖の下を届けていないので、このようなでたらめをいっているのです。彼ら武生たちは三年に一度の望みをかけて来たのですから、どうか閣下、おはからいのほどを」

洪先《こうせん》はせせら笑った。

「これは聞きずてならぬ。私がでたらめをいっているというなら、そいつらと私とで腕比べをしてみたいものですな」

岳飛《がくひ》はきっとなった。

「もし閣下がお命じになられたら、喜んであなたと腕比べをさせていただく」

劉光世《りゅうこうせい》はそれぞれの言葉を聞いて手をあげた。

「よかろう！　お前たち両名に、武芸の試合をするよう命じる。どちらの主張が正しいか、すぐにわかろう」

ふたりは命を受けて庭におりていくと、煉瓦《れんが》敷きの道の上でそれぞれ自分の位置をさだめた。洪先《こうせん》は部下に三叉《みつまた》の托天叉《たくてんさ》を取ってこさせると、型をひけらかした。からからと叉の飾りの音を響かせ、「餓《が》虎擒羊《こきんよう》」の型にかまえて叫ぶ。

「さあこい、こぞう！」

岳飛《がくひ》はいっこうあわてずに、瀝泉槍《れきせんそう》を取ると、さっと型を作った。「丹鳳朝天《たんぽうちょうてん》」の型にかまえ、冷たく雪が風に舞うようなようす。

「ご無礼つかまつる」

「何がご無礼だ、きどるな」

洪先《こうせん》は最初から岳飛《がくひ》の生命を奪うつもりだ。叉をあげ、岳飛《がくひ》めがけてまっこうから打ちかかる。岳飛《がくひ》は頭をそらし、かるく叉をやりすごした。

「殺すこともあるまい」

洪先《こうせん》は、また叉を、岳飛《がくひ》のまっこうめがけて打ちおろした。岳飛《がくひ》は、頭を落とし身を倒して避けると、不意に歩みを返し、槍を引きずって走り出した。洪先《こうせん》は彼が逃げると思いこみ、早足に追いすがると、岳飛《がくひ》の背中めがけて打ちかかった。岳飛《がくひ》は突然身をひるがえし、槍を上に向けてふせぎとめ、洪先《こうせん》の叉を片側に受け流す。そのまま槍の柄をまわし、洪先《こうせん》の背中を軽く押さえつけた。ただそれだけで洪先《こうせん》は立っていられない。音をたてて地面に倒れ、叉を地に取り落としてしまった。

正庁の上下の人々はどっと喝采《かっさい》した。

「何と、見たこともない名人だ」

劉光世《りゅうこうせい》は洪先《こうせん》をにらみつけた。

「この口先だけの役たたずを、ここから追い出せ！」

洪先《こうせん》は頭をかかえてこそこそと逃げ去った。

劉光世《りゅうこうせい》はさらに五人に箭庁《やば》（弓道場）で弓比べをさせた。まず牛皐《ぎゅうこう》ら四人が射て、それで充分に人々をおどろかせたが、さらに岳飛《がくひ》の矢を試験すると、四人に比べてさらにすばらしかった。劉光世《りゅうこうせい》は感歎《かんたん》し、岳飛《がくひ》に尋ねた。

「そなたは先祖代々、内黄県《ないこうけん》にすんでいるのか？」

「私は、もともとこちら湯陰県孝弟里《とういんけんこうていり》永和郷《えいわきょう》の者でしたが、生まれて三日目に、洪水の災に遭《あ》いまして、残念にも家財はすべて流されてしまいました。老母は大きな花缸《かめ》の中で、私を抱いて、水面を内黄《ないこう》県《けん》まで漂流しました。そこで恩人の王明《おうめい》がありがたくも養い育ててくれましたので、内黄県《ないこうけん》に住みついたのです。また亡義父周侗《しゅうとう》に武芸を学びました。このたび閣下の批冊《おすみつき》をたまわり、都にのぼって功名を得ることができましたら、いずれふたたび故郷に帰ることができます」

劉光世《りゅうこうせい》はそれを聞くと、大いに喜んだ。

「なんと周《しゅう》どのの義子であったか。周《しゅう》どのは文武《ぶんぶ》双《そう》全《ぜん》の人材で、朝廷は何度も仕官《しかん》させようとしたのだが、彼はどうしても出仕《しゅつし》しようとしなかったと聞いておる。いまや故人となってしまったとは、惜しまずにいられぬ。とりあえずそなたは支度をしに帰りなさい。私は都に手紙を送って、そなたが功名をたてられるようにはからってあげよう」

劉光世《りゅうこうせい》は徐仁《じょじん》を呼んで告げた。

「この弟子（科挙合格者は、試験担当者と師弟の関係となる）は、後にかならずや世の役に立つことだろう。知県どのは役所にもどって、彼のために岳《がく》家の以前の財産を調べてくれ。はっきりと調べがついたら、私が資金を出して家を建て、彼を故郷に帰らせよう」

その日、岳飛《がくひ》は劉光世《りゅうこうせい》と徐仁《じょじん》に感謝しつつ兄弟たちと宿舎にもどった。

また旅をして、内黄県《ないこうけん》に帰ると、岳飛《がくひ》は劉光世《りゅうこうせい》と徐仁《じょじん》の知遇《ちぐう》を得たことを、母親の岳《がく》夫人に話して聞かせた。岳《がく》夫人はとても喜び、あわただしく支度をした。

他の兄弟たちはそれぞれ家に帰り、岳飛《がくひ》が祖先の地に帰ることを両親に話して聞かせた。員外《いんがい》たちは喜ぶよりも悲しんだ。翌日、三人の員外と息子たちが王明《おうめい》の荘園でいろいろ話をしていると、岳飛《がくひ》がやってきて長者たちに向かって挨拶し、祖先の地に帰ることを報告した。王明《おうめい》は思わず涙をこぼした。

「鵬挙《ほうきょ》、お前がここにいてくれると、息子らとつきあってもらうのにちょうどよいのだがなあ。まして周《しゅう》先生は遺命で『鵬挙《ほうきょ》から離れるな、そうすれば、功名をたてることができるだろう』と息子らに命じたではないか。今度、お前が故郷に帰るのはめでたいことだが、わしらは別れるのがつらいよ」

岳飛《がくひ》は肩をおとした。

「私も劉《りゅう》閣下からご恩を受けたのですから、おことわりすることはできません。私も叔父上や弟たちを捨てるに忍びないのですが、どうともしがたいのです」

張達《ちょうたつ》が口をはさんだ。

「わしには、みんなが一生離れないですむ名案があるよ」

湯懐《とうかい》が目をかがやかせた。

「どのような考えですか、張《ちょう》のおじさん、教えてください」

「わしにはかなりの財産があるが、子どもはひとりきりだ。もしこの子が名をあげることができれば、ご先祖さまにも名誉をそえることができる。わしが思うに総管《そうかん》（支配人）だけを残して、ここで荘園を管理させる。その他のこまごました財産は、すべてかたづけて、鵬挙《ほうきょ》たちといっしょに湯陰県《とういんけん》に移り住んでも、何の不つごうもなかろうよ」

人々は声をそろえ、手をたたいた。

「そりゃあよい考えだ。我々がみんなで引っ越せばよいのだ」

岳飛《がくひ》はおどろいた。

「そんなわけにはまいりますまい。叔父上がたは資産家ですし、やとっている人もたくさんいます。私ひとりのために、そろって湯陰県《とういんけん》に移り住むのは、簡単なことではありません。よくお考えください」

「我々はみな同じ考えで、もう腹は決まった。鵬挙《ほうきょ》はもう何もいうな」

岳飛《がくひ》は家にもどると、母に、員外たちがいっしょに移住しようとしていることを話して聞かせた。岳《がく》夫人は牛皐《ぎゅうこう》母子を見やった。

「あなたがたおふたりはどうします？」

牛皐《ぎゅうこう》が胸をはった。

「当然、おれも大哥《あにき》といっしょにいきます。天下のどこでもかまいやしません」

翌日、岳飛《がくひ》は馬に乗り、知県の李春《りしゅん》に会いに県城まで出かけた。挨拶が終わると、李春《りしゅん》は岳飛《がくひ》をすわらせて茶を飲ませ、相州《そうしゅう》に試験を受けにいった結果を尋ねた。岳飛《がくひ》はすべての事情を語った。

「劉《りゅう》閣下が徐《じょ》知県にわが家の昔の財産を調べさせ、お金を出して家を建ててくださり、私に故郷に移り住むようにおっしゃいました。すべては知県さまのお引き立てのおかげですので、今日はお礼にまいりました」

李春《りしゅん》はうなずいた。

「劉《りゅう》閣下にそのような恩義を受けるとはありがたいことです。婿どのが祖先の地に帰られるとは、喜ぶべきことですな。ただ私に話がありますので、あなたはすぐにもどって、母上にお知らせしてください」

いったい李春《りしゅん》が何をいい出しますかは、次回のお楽しみ。

第八回　岳飛《がくひ》　姻《いん》を完《まっと》うして故土《こど》に帰り
洪先《こうせん》　盗を糾《あつ》めて行装《こうそう》を劫《おびや》かす

さて、知県《ちけん》の李春《りしゅん》は岳飛《がくひ》に告げた。

「私はやもめで、娘には世話しなくてはならない者もおりません。あなたの母君におつかえするのにちょうどよいのです。帰って母君にお伝えください。『明日はまさしく黄道吉日《こうどうきちじつ》ですから、私みずから娘を嫁におとどけします』と。そしていっしょに故郷にお帰りなさい」

岳飛《がくひ》はすこしあせった。

「ですが小生の家は貧しく、嫁を迎える婚礼《こんれい》などは急にととのえられるはずがありません。どうかもう少し待ってください。私が都にいって帰って来てから、お嬢さまをお迎えにあがればよろしいでしょう」

李《り》知県はかぶりをふった。

「そんなことはありません。あなたがいま遠くに離れてしまえば、私は年老いて息子もいませんし、あなたが引っ越してしまってからでは、また道行きに手間がかかってしまいます。やはり今回、帰郷するおりに、婚礼をすませておいた方が私の心配ごともなくなるというものです。これ以上何もいわずに、早くお帰りなさい。私も娘の支度《したく》をしっかりとしてやって、明日約束どおりお送りいたしますから」

岳飛《がくひ》は李春《りしゅん》の決心が固いのを見て、しかたなく別れを告げて役所を出た。馬に乗って麒麟村《きりんそん》に帰ってくると、ちょうど員外たちは中堂《おもや》の前で出発のことを話しあっていたが、岳飛《がくひ》が帰ってきたのを見て、尋ねた。

「知県さまへの別れのご挨拶《あいさつ》はすんだかね」

「それが……私が帰郷すると申しあげると、明日お嬢さまをご自分で送ってこられるとのことです。すぐに式をあげろとのことですが、どうしたらよろしいでしょう」

「そりゃけっこうなことだ。鵬挙《ほうきょ》、あんたもるすをあずける人がいてくれれば、安心して都へいけるってものじゃないか」

「といっても、こんな貧しい家に、準備もなく嫁として迎えるのでは、相手が気の毒ですよ」

「まあ安心しなさい。準備ならわしらがしてあげる。あき部屋もいくらでもあることだし、新婚の夫婦の居場所くらいこしらえてあげるともさ」

というわけで、王家荘では、宴席を準備したり、さまざまに飾り付けをしたり、婚礼の付添人《つきそいにん》や楽隊を集めたりと、にぎやかに、翌日の婚礼を待った。

翌日になると、李春《りしゅん》はあらかじめ従者や使用人に、大小さまざまな嫁入り道具をかついで届けさせ、王家荘の大庁《おおひろま》の両側に並べた。

その後から二輛の大かごで、李春《りしゅん》は新婦を送ってきた。楽隊が演奏をはじめる。ふたりの介添《かいぞ》え役の侍女が手助けして、お嬢さまをかごからおろした。

岳飛《がくひ》と新妻はならんで天地を拝み、とどこおりなく婚礼の式をすませた。李春《りしゅん》は祝杯を三杯飲むと、立ちあがって一礼した。

「婿どのも娘も年若いので、ご一同のお引き立てをよろしくお願いいたします。私は県の方で仕事があるので、残念ですが、婿どのが帰郷するのを見送ることができません。これにて失礼いたします」

員外たちは再三引きとめたがとどめきれず、正門まで見送った。李春《りしゅん》は娘をのこして帰っていった。人々は、中堂にもどると、喜びに酒もすすみ、酔いつぶれるまで飲んだ。

じつのところ岳飛《がくひ》は、花嫁の顔についてとやかくいうのはやめようと決心していた。知県のお嬢さまが、こんな貧しい家に、文句もいわず嫁にきてくれるのだ。顔のことなどとやかくいってはバチがあたる。そう思っていた。いざ花嫁を見てみると、絶世の美女というわけではないが清楚《せいそ》な顔だちで、ふるまいもつつましい。正直なところ岳飛《がくひ》はほっとし、この花嫁を一生たいせつにしよう、と思った。

翌日、岳飛《がくひ》はお礼の挨拶のために県城へいき、李《り》春《しゅん》に別れを告げた。それがすむといよいよ集団移住だ。

三日すぎて、王家荘に、五つの姓の男女、あわせて百余人と、家財を載《の》せた車百余輌、ロバやら挑《にも》夫《かつぎ》やらが勢ぞろいして、麒麟村《きりんそん》を離れ、にぎやかに湯陰県《とういんけん》めがけてうち発《た》った。

二日目のこと、野猫村《やびょうそん》というところにやってきた。村とは名だけのことで、一面の荒れ野、人家《じんか》はまったくない。日もそろそろ暮れてくる。岳飛《がくひ》は兄弟たちを呼んだ。

「先を急いだばかりに、宿をやりすごしてしまったようだ。これから三、四十里いって、ようやく宿があるらしいが、日没までに着くのはむりだろう。このあたりの道沿いは、広々とした荒れ野原に、森や林ばかりだから、休むことはできない。湯《とう》君、張《ちょう》君といっしょに先の方にいって、近くに村や人家があるかどうか探してくれ。何よりもお年寄りやご婦人が休む場所を探さなければならないからな」

湯懐《とうかい》と張顕《ちょうけん》は馬にひと笞《むち》くれて、先行した。

こちらでは岳飛《がくひ》が前に、王貴《おうき》と牛皐《ぎゅうこう》が後ろになり、家族や車を守りながら、ゆっくりと進んでいった。しばらくして、先行したふたりが馬を走らせてもどってきた。

「大哥《あにき》、我らふたりはまっすぐ十里先までいってみたけど、村も人家もまったくありません。ただここから西に三、四里いったところの山の麓《ふもと》に、土地神《とちしん》廟《びょう》があります。さびれていますが、本殿や回廊は、休息するには充分な広さです。ただ、荒れほうだいで、廟主《かんぬし》もいないし、晩飯をつくるところもありませんが」

王貴《おうき》が応じた。

「不妨《かまわない》。食料も調理道具もあるんだから、あとは薪木《たきぎ》を集めりゃいい。ちょっとした食事をまにあわせて、ひと晩過ぎてからまた何とかしよう」

牛皐《ぎゅうこう》が賛同した。

「それがいい、それがいい。急ごう、腹が減ってたまらん」

こうして一同はまっすぐ山の麓にやってきた。

廟《びょう》の門に着き、車を廟の中に入れ、両側の回廊に落ち着ける。女性たちは、みな本殿で休息した。本殿の裏にも、まだ三、四部屋あり、いくつかの古い棺桶が置いてあったが、窓枠は腐り、屋根瓦《やねがわら》もない。近くにはもともと厨房《ちゅうぼう》があったのだが、竈《かまど》がのこっているだけで、それでも壁の角には草が積んであった。

牛皐《ぎゅうこう》と王貴《おうき》は、家僕《かぼく》を引きつれ、歩きまわって水を探してくると、火をおこして食事を作らせた。もう黄昏《たそがれ》どき、員外たちと少爺《わかしゅじん》たちは、それぞれ食事をしたが、ただ牛皐《ぎゅうこう》だけはひとりで大きな椀《わん》を手に、しきりに酒を飲んでいる。岳飛《がくひ》はたしなめた。

「あまり飲むんじゃない。昔の人がいっているだろう、『澄んだ酒は人の顔を赤くする、金品は人の心を動かす』とな。ここは辺鄙《へんぴ》なところだから、もしもまちがいがあったら、どうするんだ。とりあえず湯陰《とういん》に着くのを待って、それから好きなだけ飲めばいいだろう」

牛皐《ぎゅうこう》は鼻を鳴らした。

「わかったわかった、大哥は心配性だなあ」

飯を持ってくると、つづけざまに二、三十杯食べて、ようやく食事を終えた。食後、員外たちは本殿の左側に休み、小作人たちはみな、車や馬といっしょに両側の回廊で休むことにする。

岳飛《がくひ》は湯懐《とうかい》と張顕《ちょうけん》に声をかけた。

「君たちふたりは、今夜は軽々しく寝てはいけない。衣服をしっかりと着こんで、本殿の裏の廃屋《はいおく》で見はってくれ」

「了解」

「王《おう》君、君は左の崩れた塀のところを見はってくれ。もし左側で何かあったら、君の管轄《かんかつ》だぞ」

「了解した」

「牛《ぎゅう》君は……」

「ここにいるよ。どんないいつけだい」

「右側の塀も今にも崩れそうだから、君は右側を見はってくれ」

「大哥は疲れているから、眠っていいよ。何かびっくりすることがあっても、何ができるものか。もしまちがいがあったら、全部、牛皐《ぎゅうこう》ひとりの責任でかまわんさ」

岳飛《がくひ》は微笑《びしょう》した。

「まちがいがあったらこまるから、分担を決めておくのさ。いまいったとおりに配置しておけば、たとえ大軍がやってきても恐れることはない。私は正門を担当するから、右は君にたのむ」

「わかった、大哥がそういうのなら、右側はおれにまかせてくれ」

いいながら、牛皐《ぎゅうこう》は心の中で考えた。

(岳《がく》大哥はよくできた男だが、ちょっとくどいんだ

よなあ。何をそんなに用心してるんだか）

　そして自分の黒馬を回廊の手すりにつなぎ、二本の鉄の鐧《かん》をだいたまま壁にもたれると、やがてぐうぐう眠りこんでしまった。

　さて岳飛《がくひ》は正門の戸をしっかりと閉めたが、そのとき本殿の前の階段の下に石の香炉《こうろ》があるのが見えた。手で揺すってみると、台座ごと彫り上げたものである。岳飛《がくひ》はそれを両手でかるがるとかかえあげ、廟の門にぴったりと立てかけた。そして瀝泉槍《れきせんそう》をすぐ近くに置き、みずからは戦袍《せんぽう》を着たまま、敷《しき》居《い》の上にすわり、仰向けに空をながめた。このときはちょうど二十三、四日。真っ暗ですこしの月光もなく、ただ星の光だけだった。

　まもなく二更（午後九時から十一時）になろうというころ、遠くからざわめきが聞こえてきた。一面の火の光が、廟の門に近づいてくると、人の叫び声や馬のいななきが聞こえ、廟の門前までやってくると、大声がひびきわたった。

「物わかりがいいやつ、さっさと門をあけろ。金銀財宝をすべて差し出したら、生命だけは助けてやるぞ！」

　それにつづけて、聞きずてならない声が命じた。

「岳飛《がくひ》を逃がすな！」

　何人かが門を押したが、重い香炉がたてかけてあるので、容易に開かない。岳飛《がくひ》は意外の感に打たれた。

「いったい何者だろう、あの盗賊《とうぞく》は私を知っているぞ」

　廟の門はもともと破れていたので、その裂け目からのぞいてみると、なんと誰でもない、相州節度使《そうしゅうせつどし》・劉光世《りゅうこうせい》配下の中軍官・洪先《こうせん》だった。彼はじつは山賊の出身であったのを、劉光世《りゅうこうせい》が腕力のあるのを見こんで、中軍官に抜擢《ばってき》したのだ。それが、はからずも賄賂《わいろ》をむさぼって他人の才能を妬《ねた》み、岳飛《がくひ》に敗《やぶ》れて追放されてしまった。そこで昔の仲間たちを呼び集め、洪文《こうぶん》と洪武《こうぶ》というふたりの息子をしたがえて、報復にやってきたのである。

岳飛《がくひ》は考えた。

（『恨《うら》みは解くもの、結ぶものではない』という。この大門を守りさえすれば、四方は弟たちが守っているから、はいってこれまい。夜が明ければ、自然といってしまうだろう）

そこで、馬の上の鞍《くら》をととのえ、帯を締めなおすと、瀝泉槍《れきせんそう》を引っさげ、すっくと立って門の内側を守った。

さて右側の牛皐《ぎゅうこう》は、突然鬨《とき》の声を聞いて、ふと目をさました。外を見てみると、門の外から火の光がさしこんできて、叫び声であふれかえっている。目をこすってにやりと笑った。

「ほう、おもしろそうだ。大哥には予知能力があるらしい。ほんとに山賊がやってきたぞ。どちらにせよ、おれたちは都にのぼって武勲《ぶくん》をたてようとしているのに、自分の腕前の良し悪《あ》しがわからない。ここはひとつ、盗賊どもでためしてやろう」

そこで塀の上に立つと、二本の鉄鐗《てつかん》をふりあげて、賊どものただなかにとびおりた。

「山賊ども、これでもくらえ！」

ただ一撃に、ひとりの脳天をたたきわり、また一撃に、べつのひとりを撃ちたおした。賊どもが仰天《ぎょうてん》し、口々に狼狽《ろうばい》の叫びをあげる。王貴《おうき》は左側で聞きつけて舌打ちした。

「しまった、しまった。いくのが遅れたら、あいつが全部殺し終えてしまうぞ」

王貴《おうき》は躍り出して大刀をふるった。たちまち賊どもの血が飛散《ひさん》し、槍や刀が折れとび、首が転がる。

このときは灯球《ちょうちん》や火把《たいまつ》に照らされ、あたりは真昼のよう。洪先《こうせん》はうろたえる仲間を叱咤《しった》し、叉《さ》をかざして牛皐《ぎゅうこう》とわたりあった。彼の息子である洪文《こうぶん》と洪《こう》武《ぶ》は二本の方天画戟《ほうてんがげき》（穂先の左右に半月状の刃をつけた長柄の武器）で、そろって王貴《おうき》に打ちかかる。

王貴《おうき》は叫んだ。

「ふたり一度に来ようと恐れるものか。ひとりでも残したら、おれさまは好漢ではないわ！」

岳飛《がくひ》はそれを聞いてつぶやいた。

「しまった。あのふたりが出ていったら、よけいな血を流してしまう。ほどほどにさせておかないと」

そこで石の香炉をひっくり返すと、廟の門を開いて馬にとびのった。走り出ようとしたところ、裏にいた湯懐《とうかい》と張顕《ちょうけん》が、急いで本殿に駆けつけてきた。

「父上がた、母上がた、あわてないでください。山賊は我ら兄弟が防ぎとめて、門から一歩もいれません。我らもひと暴れしにいってきます！」

ふたりはそろって馬にとびのった。湯懐《とうかい》は爛銀槍《らんぎんそう》（爛銀とは白銀の意味。ここでは色を指《さ》していう）、張顕《ちょうけん》は鉤鏈槍《こうれんそう》をかまえ、廟の門から突っこんでいく。血煙のもとに山賊どもを蹴散《けち》らし、なぎたおす。

洪武《こうぶ》は父が牛皐《ぎゅうこう》にかなわないとみて、ななめ横から戟《げき》をあげ、洪先《こうせん》の助勢に駆け寄った。洪文《こうぶん》ひとりで王貴《おうき》と戦ったが、わずか二、三合、王貴《おうき》の大刀に斬《き》って落とされる。洪武《こうぶ》のほうもたちまち、牛皐《ぎゅうこう》の鐗に、頭蓋骨の半分を削られてしまった。ふたりの息子をうしなった洪先《こうせん》は、大声で叫んだ。

「よくも息子たちを殺したな、許さんぞ！」

馬を駆けさせ、叉を振りまわし、牛皐《ぎゅうこう》に打ちかかる。岳飛《がくひ》が叫んだ。

「洪先《こうせん》、ひかえろ。岳飛《がくひ》がここにいるぞ！」

洪先《こうせん》は牛皐《ぎゅうこう》の武勇に圧倒され、さらに岳飛《がくひ》がみずから出てきたと聞き、心中あわてた。馬を返そうとしたところ、張顕《ちょうけん》が馬を駆けよせ、鉤鏈槍で馬から引きずりおろした。地上で一転してはねおきようとしたが、湯懐《とうかい》が馬をおどらせ、槍のひと突きに生命を奪った。

盗賊どもは、首領が死んだのを見て、生命からがら四方に逃げ散った。王貴《おうき》と牛皐《ぎゅうこう》は馬をとばして追いかけ、なおも斬りまくった。岳飛《がくひ》が呼びかけた。

「もう逃がしてやれ。これ以上、殺すことはない」

岳飛《がくひ》ら五人は武器をおさめ、本殿にもどってきた。すると、小作人たちは、右往左往《うおうさおう》して騒ぎ立てている。員外や女性たちは不安におののいていたが、岳飛《がくひ》たち五人がそろってやってくると、ようやく安心した。立ちあがり、口々に尋ねかける。たった五人で百人あまりの賊を斬りちらしたと知ると、一同は天地に感謝することしきりであった。

「さて、賊におそわれて身を守ったわけだから、恥じることは何もないが、役人にやってこられると何かとめんどうだな」

岳飛《がくひ》の声に、王貴《おうき》が答える。

「ああいう賊どもは、土地の役人と結託《けったく》していることが多い。弁解しても通用せず、まとめてつかまってしまうかもしれんぞ」

「それはまずいな。さっさと逃げ出すとしよう。それにしても死体を放っとくわけにもいかんが」

牛皐《ぎゅうこう》が身を乗り出した。

「おれに良い考えがある。死体を廟の中に積みあげて、火をつけて、山賊どもをきれいさっぱり焼いてしまうのさ」

そこでただちに、岳飛《がくひ》たちは家族たちに先発させ、死体を本殿に積みあげると、火を放った。強風に火は燃えあがり、またたく間に土地神廟は、焼けて空き地になってしまった。

さらに旅行くこと数日にして、ようやく相州《そうしゅう》に到着した。もう日没で城門はしまっている。城外で大きな客店《きゃくてん》をさがし、家族と多くの荷物や馬・家畜を落ち着けた。ひと晩すぎて、岳飛《がくひ》たちは城内にはいった。まず知県の徐仁《じょじん》を訪問して、これまでの事情を説明し、ついで徐仁《じょじん》の案内で、節度使・劉光世《りゅうこうせい》のもとをたずねるという順序になる。

徐仁《じょじん》は岳飛《がくひ》に城内の地図を見せ、孝弟里《こうていり》永和郷《えいわきょう》を指さした。

「私は土地台帳を調べて、この一帯が岳《がく》家の資産であったとわかった。節度使閣下は、お金を出して買いもどし、あなたが住むように、この家を建ててくださった。どうぞ、引っ越しなさい」

岳飛《がくひ》はその日のうちに各家の家族に入居してもらった。岳飛《がくひ》の母・姚氏《ようし》は、昔の岳《がく》家がいかに豊かで美しかったかを思い出し、また目の前には夫の岳和《がくわ》が見えないので、思わず涙があふれた。

「母上、あまり悲しまないでください。いまは狭いですが、ひとまず落ち着けるでしょう。これからどんどんよくなっていきますからね」

岳飛《がくひ》は酒宴の準備を命じ、家中で祝った。

翌日、岳飛《がくひ》は弟たちと城に入り、徐仁《じょじん》にお礼の挨拶をした。徐仁《じょじん》はただちにこの五人兄弟を引きつれて、劉光世《りゅうこうせい》の役所へと向かう。苦労性の岳飛《がくひ》は他の四人に注意した。

「いいか、くれぐれも礼儀作法に注意するんだぞ」

劉光世《りゅうこうせい》に会うと徐仁《じょじん》がまず謁見し、岳飛《がくひ》と知人たちがいっしょに引っ越してきたことをひととおり話し、それから、岳飛《がくひ》がひざまずいてお礼を述べた。

「閣下の天のように高く地のように厚いご恩に、われらどうしてご恩返しすることができましょうか」

劉光世《りゅうこうせい》は、おうように答えた。

「諸君が離ればなれになるのに忍びず、引っ越してきてともに暮らすとは、けっこうなことだ。知県どのは先に役所におもどりあれ。岳《がく》どの、あなたがたはもう少しここでゆっくりしていきなさい」

徐仁《じょじん》はおじぎして別れを告げると、役所にもどっていった。

劉光世《りゅうこうせい》は岳飛《がくひ》に尋ねた。

「君たちは、都で最終試験を受けるわけだが、いつ出発するのかね」

「閣下にお礼をしましたら、もどって支度をして、明日出発いたします」

劉光世《りゅうこうせい》はすこし考えて、岳飛《がくひ》を近くに呼び寄せた。

「私は前に書状を書いて、留守《りゅうしゅ》（要地において、皇帝が不在のときに代理をつとめる朝廷の重臣）の宗《そう》閣下に送り、君たちの試験のことをお願いしておいた。だが、朝廷の仕事が忙しくて、放っておかれているかもしれぬ。私は今、もう一通書くから、持っていって、自分でお渡しするとよい。もしお目にかかれたら、かならず益《えき》するところがあるだろう」

すぐに文房四宝《ぶんぼうしほう》（紙、筆、墨、硯《すずり》）をとりよせると、一通の書状をしたためた。また、お付きの者に白銀五十両を持ってこさせ、岳飛《がくひ》に与えた。

「この銀は君が収めて、路用《ろよう》に使いたまえ」

岳飛《がくひ》は何度もお礼をいって、手紙とお金を受け取ると、弟たちとともに別れを告げた。今度は県庁に立ちより、徐仁《じょじん》にお礼といとまごいをした。徐仁《じょじん》はいった。

「私は貧乏役人で、何もお贈りするものがないが、君たちの家のことは、すべて引き受けた。みな安心して旅立ってくれ」

「ありがとうございます。ちょうど明日が吉日ですので、出発しようと思います」

その日、みなは忙しく、それぞれ路銀や荷物をととのえ、馬にくくりつけると、両親たちに別れを告げた。岳飛《がくひ》は新妻に別れを告げ、母親のことをたのんだ。新婚早々、夫においていかれる妻をかわいそうにも思うが、まわりが親切な人ばかりなので、あまり心配はしなかった。岳飛《がくひ》は不幸なおいたちといいながら、まわりの人々の善意にかこまれて成長しているので、楽天的なところがある。それが後になって、彼の運命を左右することになる。

人々は城門まで送り、五人が馬に乗って次第に遠ざかるのを見守った。

岳飛《がくひ》、湯懐《とうかい》、張顕《ちょうけん》、王貴《おうき》、牛皐《ぎゅうこう》の合計五騎は、こうして都へと向かった。宋の都は、すなわち東京開封府《とうけいかいほうふ》、人口百五十万、世界最大の都会である。その繁栄は唐の長安《ちょうあん》をしのぎ、豊かさと活気は他にたとえようもないといわれるが、岳飛《がくひ》たちは生まれてはじめてそこへいこうとしているのだった。

五日ほどの旅で、早くも都城が望み見えた。城壁は高く、黄土の平原にそそりたつ威容《いよう》は息をのむほどだ。周囲には巨大な濠《ほり》がめぐらされ、運河としても利用されていて、五百人も乗れる大船が往来している。

岳飛《がくひ》は一同をかえりみた。

「みんな、城にはいったら、我々は昔の性格をあらためなくてはならない。ここは都だから、家にいるのとは比較にならないぞ」

牛皐《ぎゅうこう》が、岳飛《がくひ》の心配性を笑いとばした。

「まさか都の人は、みな人を食べるわけではないだろう」

「まじめに聞け。この都の中は、いなかの村や小さな県とは比べものにはならない。何十万もの人がいき交《か》っている。もし粗忽《そこつ》なことをして、事件を引き起こしたら、誰が助けてくれるというのだ」

「心配ないさ、おれたちの力で何とでもするよ」

王貴《おうき》がいうと、湯懐《とうかい》が応じる。

「そうではないだろう。大哥は忠告してくれているんだ。何ごとも人に譲るようにすればいいんだ」

五人は馬上で話しあいながら、人の波に押されるようにいつのまにか大きな橋を渡り、南薫門《なんくんもん》から城内にはいった。左右の街なみのにぎやかさに見とれていると、突然ひとりの人が息をぜいぜい切らして、後ろから追ってきて、岳飛《がくひ》の馬の手綱《たづな》を取って、引き留めた。

「岳《がく》さま、つれないお人だ。何で通りすぎようとなさるのか」

岳飛《がくひ》は振り返ってみると、思わず叫んだ。

「あれ、あなたはどうしてこちらに？」

いったい岳飛《がくひ》が会ったのが誰なのかは、次回のお楽しみ。

第九回　元帥府《げんすいふ》に岳鵬挙《がくほうきょ》　兵を談じ
招商店《しょうしょうてん》に宗留守《そうりゅうしゅ》　宴を賜《たま》う

さて岳飛《がくひ》は馬上で振り向いてその人を見ると、なんと相州《そうしゅう》で客店《りょかん》を開いていたはずの江振子《こうしんし》であった。

「やあ、江《こう》さん、何であなたが都にいるんだ？」

「正直に申しますと、あなたが出立なさってからすぐ、洪先《こうせん》という人が押しかけてきましてな。なんでも岳《がく》さまに劉《りゅう》閣下の目の前で敗れて追放されてしまったとかで、いいがかりをつけてわたしの宿を滅茶《めちゃ》苦茶《くちゃ》にしてしまいました。その後もいやがらせがたえないので、わたしはしかたなく、こちら南薫門《なんくんもん》内に引っ越し、以前と同じに宿屋を開いたばかりのところです。たまたまみなさまがたをお見かけしましたのでね、最初のお客になっていただこうと思って追いかけてまいりました」

「それはお気の毒なことだったが、泊まるところがあるのはありがたい。安心して泊まれます」

一同は江振子《こうしんし》の客店に宿をさだめた。茶を出されたあとで、岳飛《がくひ》は江振子《こうしんし》に尋ねた。

「あなたは先に都に来ていたのですから、宗留守《そうりゅうしゅ》のお役所はどちらかご存じですか？」

「留守府《りゆうしゆふ》ですな。それはもう、大きな役所ですから、誰でも知っています。ここから北に向かってまっすぐ大通りを四、五里いけば、すぐわかりますよ」

「もう執務をなさってるころでしょうか」

「まだまだ早いですよ。あの老爺《とのさま》は、護国大元帥《ごこくだいげんすい》・東京留守《とうけいりゆうしゆ》の要職におありで、朝廷内でもたくさん仕事をなさっておいでです。いまごろは、まだ朝廷においでalong でしょう。昼を過ぎてから、ようやく留守府にお出ましになりますよ」

　江振子《こうしんし》の声には熱い尊敬の念がこもっている。留守・宗沢《そうたく》は朝廷の受けは悪いが、庶民や兵士の人気は絶大だ、ということであった。

　岳飛《がくひ》は二階の客室にあがると、劉光世《りゆうこうせい》の書状を取り出し、支度《したく》して階下におりた。湯懐《とうかい》が尋ねた。

「どこかへお出かけですか?」

「このあいだ劉《りゆう》閣下が一通の書状をくださった。宗《そう》留守に手渡しなさいということだ。いまこの書状をとどけにいこうと思う。もしうまくいって、前途のことをお願いできたら、みんなにも利益になるだろう」

　牛皐《ぎゆうこう》が茶の席から立ちあがった。

「おれもいっしょにいくぜ!」

「だめだめ。ここをいったいどこだと思う。もしお前が騒動を引き起こしたら、私にもとばっちりがかかるだろう。おとなしく待っていてくれ」

「それなら、役所の前で待ってるさ」

　王貴《おうき》が笑いながら提案した。

「こりゃこうするしかないな。おれたちみんなでいっしょに、その留守の役所を見にいって、牛《ぎゆう》兄弟が何もしでかさないように見はってることにするのさ」

「やれやれ、しかたないな。それじゃ、とにかくもめごとを起こさないでくれ。冗談にならんから」

四人はまじめくさって誓約《せいやく》した。

「絶対に何ごとも起こしません」

五人が混雑のなかを歩いて、まっすぐ留守府までやってくると、なるほど堂々たる建物である。ちょうどひとりの兵士が、東門のそばの茶店から出てきた。岳飛《がくひ》は近寄り手を組んで挨拶《あいさつ》すると、声をかけた。

留守の宗沢《そうたく》が役所にいるかどうか尋ねたのだが、まだ朝廷から帰っていないだろう、とのことである。

しかたない、明日出なおすか、と思っていると、通行人たちがざわめきはじめた。

「宗《そう》閣下のお帰りだ」

という声がする。岳飛《がくひ》たちが見ていると、多くの官吏《かんり》や将校をしたがえ、宗沢《そうたく》が大きな輿《こし》に乗って、威風堂々《いふうどうどう》と、やってきた。

宗沢《そうたく》が正庁にはいると、お出ましを知らせる太鼓が三回ならされ、両側の衙役《がやく》や将校たちが、いっせいに叫び声をあげた。宗沢《そうたく》は執務机にすわり、旗牌《きはい》官《かん》にいいつけた。

「すぐ文書の決裁《けっさい》にとりかかる。もし湯陰県《とういんけん》の武《ぶ》生《せい》・岳飛《がくひ》という者が来たならば、通しなさい」

「かしこまりました」

なぜ宗沢《そうたく》は岳飛《がくひ》がやってくると知っていたのであろう。それは相州《そうしゅう》節度使の劉光世《りゅうこうせい》がさきに手紙を宗《そう》沢《たく》に送り、「岳飛《がくひ》はまだ若いが、文武ともに秀《ひい》でた人物で、いずれ国家の柱石《ちゅうせき》となるであろう。ぜひとも宗《そう》留守に引き立ててほしい」と伝えたからである。そこで、宗沢《そうたく》は毎日岳飛《がくひ》のことを考えていたが、

「ほんとうに才能・実力のある者なのか、それとも劉《りゅう》節度使は賄賂《わいろ》を受け取ったので、義理を立てて依頼してきたのだろうか」

と疑って判断がつかず、ひとまず彼がやってくる

のを待って、自分で見てみればわかるだろう、と思っていた。宗沢《そうたく》がそう思ったのもむりはない。劉光世《りゅうこうせい》は岳飛《がくひ》に対しては好意的だったが、金銭に関してはかならずしも清廉潔白《せいれんけっぱく》な人ではなかった。

さて岳飛《がくひ》は外で待っていた。遠くから宗沢《そうたく》を見ると、すでに老齢だが威風凜々《いふうりんりん》、風格のあるりっぱな人である。岳飛《がくひ》の義弟たちのなかでもっとも慎重な湯懐《とうかい》が首をかしげた。

「どうして宗《そう》留守はもどってくるとすぐに、正庁にお出ましになったんだろう」

岳飛《がくひ》は答えた。

「私もそれを考えていたところさ。朝はやく朝廷にのぼって、いま帰ってきたのだから、ひと休みして、何か食べてから、ようやくお出ましになるのが当たり前なのだが。おそらく、何か緊急の仕事があって、このように急いでいるのだろう」

話していると、旗牌官が一件一件、地方の府や県からの文書を宗沢《そうたく》に手渡すのが見えた。岳飛《がくひ》はささやいた。

「私も書状を渡しにいこう。もしもうまい運びになったら、みんなの利益になるだろう。もし不測《ふそく》のことがあっても、君たちは外で声をたてずにじっと待っていてくれ。絶対に癇癪《かんしゃく》を起こして騒ぎ立ててはいけない。そうしなければ、私の生命どころか、君たちの安全さえも、保証はできんぞ」

湯懐《とうかい》はあまり積極的ではなかった。

「大哥《あにき》、どうしてもその書状を届けなくてはなりませんか？　今後、実力で功名を得ても、劉《りゅう》閣下の引き立てのおかげと他人からいわれるだけですよ」

「劉《りゅう》閣下のご厚意だ、無にすることはないさ」

岳飛《がくひ》はひとりで門をくぐり、旗牌官に会って一礼した。

「湯陰県《とういんけん》の武生・岳飛《がくひ》、宗《そう》閣下にお目通りを願います」

「お前が岳飛《がくひ》か」

「是《はい》」

「閣下はちょうどお前に会いたがっておられる。しばらく待ちなさい」

旗牌官はいったん宗沢《そうたく》の前へいって報告し、すぐにもどってきた。

「岳飛《がくひ》、閣下がお呼びだ。私についてきなさい。ご無礼のないようにな」

「わかりました」

旗牌官にしたがって、岳飛《がくひ》は宗沢《そうたく》の前にすすみ、うやうやしくひざまずいた。

「閣下、湯陰県《とういんけん》の武生・岳飛《がくひ》が挨拶いたします」

宗沢《そうたく》は下を見やると、かすかに微笑んだ。このとき宗沢《そうたく》は六十一歳、岳飛《がくひ》は十七歳、祖父と孫のようなものである。

「お前はいつ来たのだ?」

「それがし、今日着いたばかりです」


岳飛《がくひ》は劉光世《りゅうこうせい》の書状を両手でささげ渡した。宗沢《そうたく》は開いて読むと、机をはげしくたたき、叱咤《しった》した。

「岳飛《がくひ》、この書状は、どのくらい金品を使って買い取ったのだ!? 正直にいえばまだしも、もし半言でも嘘《うそ》を申したら、拷問が待っておるぞ」

門の外にいた兄弟たちは、中で怒声《どせい》が聞こえてきたのに驚いた。牛皐《ぎゅうこう》がとびあがった。

「大変だ。討ち入って兄貴を救い出そう」

湯懐《とうかい》がおさえた。

「じっとしてろよ。どのように処置するかを見てから、考えよう」

兄弟四人は、緊張しながら、門内のようすをうかがった。

こちら岳飛《がくひ》は宗沢《そうたく》が怒ったのを見て、あわてずさわがず、ゆっくりと話しはじめた。

「それがしは湯陰県《とういんけん》の出身で、亡父岳和《がくわ》は、それがしが生まれて三日目に、黄河《こうが》の洪水にあい、濁流《だくりゅう》のなかに命を落としました」

以後、自分のおいたちと、開封《かいほう》へ来た事情を語り、つぎのようにしめくくった。

「それがしは赤貧《せきひん》洗うがごとし、どこに劉《りゅう》閣下に贈る金品などあるでしょうか」

宗沢《そうたく》は岳飛《がくひ》をながめやり、急に立ちあがった。

「よかろう。箭庁《やば》についてまいれ」

一群の将校たちが宗沢《そうたく》を取りかこみ、岳飛《がくひ》をつれて、箭庁にやってきた。宗沢《そうたく》は席に腰かけると、岳飛《がくひ》に命じた。

「自分で弓をひと張り選び、射てみせよ」

岳飛《がくひ》は命を受けて、側の弓掛けに歩み寄った。ひと張り選んで試してみたが、弱すぎる。また試してみると、やはり同じであった。つづけざまにいくつか試してみたが、みな同様である。そこでひざまずいてうったえた。

「閣下に申しあげます。これらの弓は弱すぎて、とても遠くまで射ることができませぬ」

「お前は普段《ふだん》どのくらいの力の弓を使っているのだ」

「それがしは二百余斤の弓を引き、二百歩あまりまで射ることができます」

「ほほう、そのようであれば、将校に私の神臂弓《しんぴきゅう》を取ってこさせよう。ただし三百斤あるので、引けるかどうかはわからぬぞ」

「試させていただきます」

ほどなく、将校が宗沢《そうたく》秘蔵《ひぞう》の神臂弓と、一束の鷹羽の矢を持ってきて、段の下に並べた。岳飛《がくひ》は段をおりて取りあげて引いてみたが、思わず感歎《かんたん》の声をあげた。

「すばらしい！」

ただちに矢をつがえて、弦音《つるおと》も高らかに、つづけざまに九本放つと、すべて的の中心に当たった。弓を置くと、宗沢《そうたく》に一礼する。宗沢《そうたく》はうなずいた。

「弓の技倆《うでまえ》はわかった。ほかにはお前はどの武器をあつかいなれているのか」

「それがしはどれもいささか心得ておりますが、使い慣れているのは槍でございます」

「よろしい、例の槍を持ってまいれ」

命じられた将校がふたりで、これまた宗沢《そうたく》秘蔵の点鋼槍《てんこうそう》をかついできた。宗沢《そうたく》は岳飛《がくひ》に命じた。

「使ってみせよ」

岳飛《がくひ》は返事をすると、槍を手にさげ、身体ごと縦《じゅう》横無尽《おうむじん》に使いはじめた。歩み、しりぞき、走り、跳《と》び、身をひるがえす。あわせて三十六種の身ごなしと、七十二種の変化技を披露《ひろう》した。宗沢《そうたく》はそれを見て、思わず何度も叫んだ。

「好《ハオ》！　好《ハオ》！」

側近たちもそろって喝采《かっさい》してやまない。岳飛《がくひ》は槍を使い終わっても、顔色は赤くならず、息も切れず、さっと槍を立てかけると、宗沢《そうたく》に向かってひざまずいた。宗沢《そうたく》はせきばらいした。

「見たところ、お前は果たして武芸の達人であるが、朝廷がお前を将軍として用いるには、兵法はどうかな」

「いささか存念《ぞんねん》がございます」

「よろしい。時間をとるだけの価値がありそうだ。立つがよい」

宗沢《そうたく》は岳飛《がくひ》を立たせ、椅子を持ってくるよう部下に命じた。

「それがしは無位無官《むいむかん》の身、閣下の御前で僭越《せんえつ》にもすわることなどできません」

「謙遜《けんそん》せずともよい。すわって話そう」

岳飛《がくひ》はおじぎをすると、席にすわった。側の者が茶をすすめる。宗沢《そうたく》はそこで口を開いた。

「おぬしの武芸は人並みすぐれているが、将軍にはそれ以外のものも必要だ。用兵はどれほど学んでおられるか」

「学んではおりますが、古来《こらい》の兵学に、必要以上にこだわろうとは思いません」

宗沢《そうたく》はその言葉を聞いて、じっと岳飛《がくひ》を見つめた。

「おぬしの言葉によれば、古人の兵法書や陣法は、すべて必要ないということになるが」

「いえ、そうは申しておりません。ただ、古来の理論に固執《こしつ》したくないのです。昔と今とでは武器ひとつとってもちがいますし、戦場には広い・狭《せま》い・険しい・なだらか等の違いがあり、どうして定まった陣形を用いることができるでしょうか。そもそも用兵の要点は、不意をつかなくてはならないということで、敵が味方の虚実《きょじつ》を測ることができないようにして、ようやく勝利が得られると思います。もし敵が急にやって来て、四方を取り囲まれたら、形どおり陣を布《し》いて、敵とわたりあう時間などありません。用兵の妙は、ただ臨機応変《りんきおうへん》にすることだと信じております」

宗沢《そうたく》はかるく溜息をついた。

「なるほど、自分なりの考えがあるのはけっこうなことだ。ぜひおぬしに武挙《ぶきょ》に首席で合格してほしいものだが、今年はちとやっかいな事情があってな」

「と申しますと？」

「話せば長くなるが、姓は柴《さい》、名は桂《けい》という大貴族がいてな、柴《さい》家の嫡流《ちゃくりゅう》で、梁王《りょうおう》に封じられている。当今《とうこん》の聖上《せいじょう》（徽宗《きそう》皇帝）のもとにやってきて、誰に吹きこまれたのか、今年の武挙で首席合格の座を奪おうというのだ。聖上が任命なさった四人の試験官は、ひとりは太師《たいし》（宰相）の張邦昌《ちょうほうしょう》、ひとりは兵《へい》部尚書《ぶしょうしょ》（国防大臣）の王鐸《おうたく》、ひとりは右軍都督《うぐんととく》（最高級の武官）の張俊《ちょうしゅん》、最後のひとりが私であった。梁王《りょうおう》は四通の書状と、四つの礼物《れいぶつ》（おくりもの）を送ってきた。張《ちょう》太師は礼物を受け取って首席合格を彼に保証した。他のふたりも同様だ。ただ私だけが受け取らなかった。いま、かの三人が取りはからって、彼を首席で合格させようとしているので、私はにがにがしく思っとるのだ」

柴《さい》家というのは後周《こうしゅう》の皇室である。宋の建国者である趙匡胤《ちょうきょういん》は、柴《さい》家から帝位をゆずりうけて皇帝になったのだ。だから宋の朝廷は、柴《さい》家を恩人としてあつかい、大貴族に封じて厚遇《こうぐう》していたのである。

「国のために人材を求めるのだから、もちろん真の才能を選び取らなくてはいけないのだが、どうもこまったものだ。今日はおぬしともっと話をしたいが、人目を引くのはよろしくない。ひとまず宿にもどりなさい。できるだけのことはしてやるから」

岳飛《がくひ》はお礼の挨拶をして退出した。兄弟たちは、門から出てきた岳飛《がくひ》の姿を見て駆けよった。

「中にいて長い間出てこないので、おれたち心配させられたよ。どうして眉根にしわを寄せているのだい。あの留守にきついことをいわれたのか?」

「いや、宗《そう》留守はとてもりっぱなお人だったよ。宿にもどってくわしいことを話そう」

兄弟五人が急いで宿にもどると、もう黄昏《たそがれ》どきだった。

五人は江振子《こうしんし》の心づくしの夕食をとり、酒を飲んだ。岳飛《がくひ》は宗沢《そうたく》の知己《ちき》を得たことだけを話し、梁《りょう》王《おう》の話は持ち出さなかったが、心中ひそかに悶々《もんもん》としていた。

翌日の午前中、思いがけず宗沢《そうたく》が五人分の酒食《しゅしょく》を差しいれしてくれた。

牛皐《ぎゅうこう》が大よろこびする。

「差しいれしてくれるなんて、留守どのは気前のいいお人だ。せっかくだからたっぷりご馳走《ちそう》になろう」

というわけで、盛大に飲み食いをはじめたが、王《おう》貴《き》がいい出した。

「ただ飲み食いしてもおもしろくない。ひとつ酒令《しゅれい》（酒席で機知をきそうゲーム）でもやろうや」

湯懐《とうかい》が賛成した。

「その通りだ。それじゃ王《おう》君が題を出しなよ」

王貴《おうき》は首を振った。

「それはちがう。本来なら岳《がく》大哥が出題役をつとめるべきだが、今日のこの酒は、宗《そう》留守が岳《がく》大哥の面《メン》子《ツ》を立てて送ってきたものだから、岳《がく》大哥は主人《ホスト》ということになる。この出題者は張《ちょう》君にやってもらうべきだ」

張顕《ちょうけん》は承知した。

「おれは気のきいた出題なんてできんが、そうだな、歴史上、酒飲みの英雄について一言しゃべること。いえなかったら罰杯《ばっぱい》三杯だ」

みなは声をそろえていった。

「よっしゃ！」

そこで、王貴《おうき》が杯に満々と注いで、張顕《ちょうけん》に差し出した。張顕《ちょうけん》は受け取ると、ひと口に飲み干して、いった。

「おれが話すのは、関雲長《かんうんちょう》（関羽《かんう》）が酒を飲んでただひとりで敵国との会談に赴《おもむ》く、これぞ英雄が酒を飲む話だ」

「たしかに英雄だ。おれたち敬意を表して一杯ずつ飲むよ」

飲み終わると、張顕《ちょうけん》が一杯注《そそ》いで、湯懐《とうかい》に差し出していった。

「今度は湯《とう》君の番だ」

湯懐《とうかい》も受け取って飲み干すと、いった。

「ぼくが話すのは、劉季子《りゅうきし》（漢の高祖《こうそ》・劉邦《りゅうほう》）が酔った後に蛇を斬《き》る、これぞ英雄じゃないか」

一同は声をそろえた。

「よし、おれたちも敬意を表して一杯だ！」

三番目に王貴《おうき》自身に回ってきた。やはり一杯飲み干していった。

「おれが話すのは、覇王《はおう》・項羽《こうう》の鴻門《こうもん》の会、これぞ英雄が酒を飲むじゃないか」

張顥《ちょうけん》は首を横に振った。

「だめだめ、覇王は英雄だが、このとき劉邦《りゅうほう》を殺さなかったために、後に敗《やぶ》れることになるのだから、たりないところがある。罰杯一杯だ。今度は牛《ぎゅう》君の番だ」

牛皐《ぎゅうこう》はすでに顔を赤くしている。

「おれはそんな古くさいことは知らないよ。ただ、おれは何杯飲んでも、眉ひとつしかめない。つまりおれこそ天下の英雄だ」

四人はそれを聞いて大笑いした。

「いいだろう、いいだろう。牛《ぎゅう》君は三杯飲め。最後は岳《がく》大哥にしめくくってもらおう」

岳飛《がくひ》も一杯注ぐと、飲み干していった。

「君たちが話したのは、すべて古代の人についてだ。私は近いところで、本朝《わがくに》の真宗《しんそう》皇帝・天禧《てんき》年間(西暦一〇一七～一〇二一)のことを話そう。曹彬《そうひん》の子、曹瑋《そうい》が陣中で宴をひらいたが、ふと姿が見えなくなり、しばらくすると、敵将の首を宴席の前に放り出した。これぞ英雄ではないか」

曹彬《そうひん》は宋の建国の大功臣で、彼の息子たちはみな一流の武将として名をのこしている。三男の曹瑋《そうい》は年わずか十九で渭州《いしゅう》の太守《たいしゅ》代理となって西夏《せいか》国の軍を破り、その戦いぶりは、「神速《しんそく》にして測《はか》るべからず」といわれた人物である。

こうして一同は楽しく飲みかつ食べ、語りあったが、苦労性の岳飛《がくひ》だけは、ひとり心配ごとをかかえこんでいた。

(もし試験が公正におこなわれなかったらどうしよう。身分のない者は、いくら努力してもむくわれないのだろうか)

そのうち酒がまわって、すわっていられず、思わず卓《テーブル》に寄りかかって眠りこんでしまった。

張顕《ちょうけん》と湯懐《とうかい》は顔を見あわせた。

「いつも岳《がく》大哥と酒を飲むときは、文を語り武を論じ、それは楽しいのに、今日はちっともしゃべらない。いったいどうしたのだろう。心配ごとがあるなら、いってくれればいいのにな」

ふたりとも白けてきて、立ちあがると、それぞれの寝台で眠《ま》ってしまった。王貴《おうき》もすこし飲みすぎて、体を曲げて椅子に寄りかかり、やはり眠りこんでしまった。のこされたのは牛皐《ぎゅうこう》ただひとり。ひとりで大碗を手に、なおもしきりに飲んでいた。ふと気づくと、ふたりは卓で寝ていて、ふたりはどこにいったか知れない。

「何だ、みんな寝ちまったのか。うるさくいうやつもいないから、ひとつ街に見物に出かけてみよう」

牛皐《ぎゅうこう》はこっそり階下におりると、主人の江振子《こうしんし》に告げた。

「みんな飲みすぎて寝ちまったので、起こさないようにしてくれ。おれはちょっと用をすませてくるから」

「どうかお気をつけて」

牛皐《ぎゅうこう》は宿を出ると、東に向かってどんどん歩いた。一路、人が押し合いへし合い、両側には店がならび、商品も豊かでたいへんな繁栄ぶりである。三層以上の大きな建物がひしめきあい、遠くには高さ三百六十尺を誇る開宝寺《かいほうじ》の塔がそびえている。

ふと三叉路《さんさろ》にやってきて、立ち止まると、牛皐《ぎゅうこう》は小首をかしげた。

「さて、どちらにいったら楽しいだろうか」

ふと向かいからふたりの若者が歩いてくるのが見えた。牛皐《ぎゅうこう》と同世代のようだ。ひとりは全身真っ白に着こみ、身の丈九尺、眉目《びもく》するどく白い顔、ひとりは全身真っ赤に着こみ、身の丈八尺、うす赤色の顔である。ふたりは親しげに談笑しながらやってきた。牛皐《ぎゅうこう》が何気なく話し声を聞くと、赤衣を着ている若者が提案した。

「私は以前から大相国寺《だいしょうこくじ》のあたりは、とてもにぎやかだと聞いていますが、いってみましょう」

「よかろう、つきあうよ」

牛皐《ぎゅうこう》はそれを聞くと、心中考えた。

（おれも東京《とうけい》には大相国寺という有名なお寺があると聞いたことがある。他にあてもなし、あいつらについていってみるか）

考えを決めると、そのふたりについて、東の方に曲がり西の方に通りすぎ、大相国寺に着いた。なるほど、たいそうにぎやかである。大相国寺は開封《かいほう》の繁華街の中心部にあり、広い境内《けいだい》では市が開かれ、さまざまな曲芸、雑技《ざつぎ》、影絵芝居《かげえしばい》に人形劇などもおこなわれていて、まるでお祭りのようだ。

さらにふたりについて、牛皐《ぎゅうこう》は天王殿《てんのうでん》というところにやってきた。するとおおぜいの人が、何かを取りかこんでいる。赤衣を着ている若者が、両手を人混みに向けて押すと、叫んだ。

「どいたどいた、じゃまだ」

人々は彼の出方が荒っぽいと見て、みな譲って一本の道をあけた。牛皐《ぎゅうこう》も何くわぬ顔で後についてはいっていく。

彼らがいったい何をしでかしますかは、次回のお楽しみ。

第十回　大相国寺《だいしょうこくじ》に　閑《ひそか》に評話《こうしゃく》を聴き
　　　　小校場中《しょうこうじょう》に　私《ひそか》に状元《じょうげん》を搶《ふる》う

　さて、牛皐《ぎゅうこう》が名前も知らないふたりについてかこみの中にはいって見てみると、それはひとりの講釈《こうしゃく》師《し》が講釈場を設《もう》けて、集まった多くの人々がすわって聞いているのであった。

　ふたりは遠慮もせずに、真っ正面にすわった。牛《ぎゅう》皐《こう》も何くわぬ顔でその隣にすわり、講釈を聞きはじめる。語っていたのは『楊家将《ようかしょう》』の物語であった。

　百四十年ほど前、宋の建国期の有名な物語だ。宋の北方国境を守る楊《よう》一族が、朝廷の奸臣《かんしん》たちに妨害されながらも、強大な敵国・遼《りょう》と戦い、苦難と冒険の末にかがやかしい武勲《ぶくん》をたてる。

　老将・楊継業《ようけいぎょう》、その息子たち、美貌の女将軍・穆《ぼく》桂英《けいえい》などの登場人物の活躍はひろく知られており、中国での庶民の人気は『三国志《さんごくし》演義《えんぎ》』や『水滸《すいこ》伝《でん》』にまさるともおとらない。

「……これぞ『八虎《はっこ》、幽州《ゆうしゅう》をさわがす』の段、楊《よう》家将の物語でございます。つぎは次回のお楽しみということで」

　話し終えて、講釈師は汗をふく。白衣の若者が、懐から財布を取り出して開くと、二錠（四十両）の銀子《ぎんす》を講釈師に渡していった。

「我らは通りすがりの者なので、些少《さしょう》だが許してくれ」

あまりの大金に講釈師は仰天《ぎょうてん》し、やたらと頭をさげた。

「こ、これはお客さま、ありがとうございます」

ふたりが出ていくと、牛皐《ぎゅうこう》も何くわぬ顔でついて出ていった。講釈師は、彼ら三人がいっしょに来たのだと思いこんでいたので、牛皐《ぎゅうこう》にただ聞きされたとは気づこうはずもない。ふたりの後を歩きながら、牛皐《ぎゅうこう》は不審でならなかった。

(こやつはいったい何者だ。たかが講釈に銀子二錠も払うとは)

赤衣の若者がいった。

「楊大哥《ようあにき》、いましがたの二錠の銀子は、あなたにとっては大したことではないが、ここ都の人が見たならば、さぞ郷下人《いなかもの》だということだろうね」

白衣の若者が答えた。

「だが聞いただろう。私の先祖たちをあれだけほめまくってくれたんだ。二錠どころか、十錠やってもいいくらいさ」

(へえ、そうするとこいつらは有名な楊《よう》家の子孫なのか)

牛皐《ぎゅうこう》が感心していると、赤衣と白衣のふたり組はまた講釈の人ごみにはいっていった。よほど歴史物が好きと見える。

こんどは『興唐伝《こうとうでん》』だった。唐を建国した英雄たちの物語で、『隋唐演義《ずいとうえんぎ》』の原型になる。

「……秦王《しんおう》・李《り》世民《せいみん》は、枷鎖《かさ》山《さん》の五龍会《ごりゅうかい》に赴《おもむ》きました。内のひとりの大将、天下第七番目の好漢、姓は羅《ら》、名は成《せい》が、軍師の指令を奉じ、わずかひとりで鄭王《ていおう》・王世充《おうせいじゅう》ら五人の逆賊《ぎゃくぞく》をとらえにまいります」

そして、

「羅成《らせい》はひとり功をたてようと、山道に立ちはだかりました」

まで話すと、終わりになった。赤衣の若者は、懐から四錠の銀子を取り出すと、声をかけた。

「君、我らは通りすがりの者で、あまり持ち合わせていないのだが、勘弁《かんべん》してくれたまえ」

講釈師は夢中でお礼をいった。

「ありがとうございます、ありがとうございます」

牛皐《ぎゅうこう》は半ば感心し、半ばあきれた。

(おやおや、またやつの先祖だったのか)

白衣の若者は不審そうに友人を見た。

「どうして四錠も銀子をあげたのかい？」

「彼が私の祖先の武勇を語るのが聞こえませんでしたか。たったひとりで五人の逆賊をとらえたんですよ。考えるに、私の祖先の方が、あなたの祖先より強かったようですね。だから二錠多く銀子を与えたのです」

白衣の若者は怒り出した。

「おい、おれの先祖をばかにするのか!?」

「いやいや、あなたのご先祖をばかにするわけではありませんが、実際に私の先祖の方が強かったのですよ」

「よかろう。どうしてもそういいはるなら、小校《しょうこう》場《じょう》(校場は練兵場)にいって腕比べをしよう。正式の武挙《ぶきょ》の前に、てごろな練習だ。ただし、それぞれ先祖の名誉をかけてのことだぞ」

「けっこう、そうしましょう」

ふたりは早足に去っていった。

牛皐《ぎゅうこう》はうなった。

「こいつは見すごせんぞ、ひとつちょっかい出してやろう」

牛皐《ぎゅうこう》は急いで宿にもどった。義兄弟たちがまだみんな寝こんでいるので、ひとり武器を持ち、馬に乗って客店《りょかん》をとび出す。

ところが牛皐《ぎゅうこう》は開封《かいほう》城内の道など知らない。「しまった」と思っていると、ふたりの老人が長椅子にもたれ、竹づくりの門のところで、昔話をしているのが見えた。牛皐《ぎゅうこう》は馬上から叫んだ。

「おい、じじい、ちょっと聞くが、小校場はどっちだ!?」

老人たちはそれを聞いて、あまりの無礼さにあきれかえり、ただ牛皐《ぎゅうこう》を見すえたまま、沈黙していた。

「さっさといえ、こら」

老人がどうしても答えなかったので、牛皐《ぎゅうこう》はののしった。

「ついてない。口をきけないのか。もし家で、おれさまの気にさわろうものなら、殴り殺してやるものを!」

老人がようやく口を開いた。

「この粗暴ないなか者め! ここから東に向かい、南に曲《ま》がれば、小校場だ。とっとといってしまえ!」

「くたばりぞこない、さっさとおれさまに説明すればいいのに、グチャグチャいいやがって。もし大哥の顔を立てなければ、半殺しにしてやるところだぞ」

いいすてると、馬に笞《むち》をくれて去っていった。ふたりの老人は怒りに腹もはち切れんばかりだ。

「ああ、世も末だ。あんな乱暴者が都にやってくるとは!」

さて牛皐《ぎゅうこう》は小校場の門まで走っていくと、人々の叫び声が聞こえた。

「ふたりともたいした名人だ!」

牛皐《ぎゅうこう》は馬をとばして小校場に乗りいれた。まさに先ほどのふたりが馬を走らせ槍を舞わせ、戦いたけなわである。両者とも、槍術《そうじゅつ》といい馬術といい、目をみはるほどのあざやかさで、すでに五十合ほどわたりあったが、優劣はつけようがない。牛皐《ぎゅうこう》は興奮してしまい、馬をおどらせて呼ばわった。

「おおい、おれは相州《そうしゅう》から来た牛皐《ぎゅうこう》だ。ぜひ一手、所望《しょもう》したい。何ならふたりいっしょにかかってきてもかまわんぞ！」

白衣の若者が槍をひき、あきれたように牛皐《ぎゅうこう》を見やったが、にやりと笑った。

「これはいったいどこからやってきた道化者《どうけもの》だ。望みとあらば遊んでやってもいいが、後悔するなよ」

「おれはもう名乗った。そちらも名乗れ」

「よかろう、おれは河東《かとう》（後世の山西省《さんせい》）の楊再興《ようさいこう》だ」

槍をきつく握りしめると、白衣の若者は牛皐《ぎゅうこう》めがけて突きかかった。電光のような、すさまじい一撃だ。牛皐《ぎゅうこう》がかろうじて受け流すと、赤衣の若者も突きかかってきた。

「おれは湖南《こなん》の羅延慶《らえんけい》だ、いくぞ！」

この突きもすさまじく、牛皐《ぎゅうこう》はあわや馬上から転落しそうになった。

「冗談じゃない、こいつら、とんでもなく強いぞ」

楊再興《ようさいこう》と羅延慶《らえんけい》はかわるがわる槍をくり出して牛《ぎゅう》皐《こう》を追いつめた。一対一でもおぼつかないのに、一対二である。ふせぐのに精一杯《せいいっぱい》で、牛皐《ぎゅうこう》は思わず叫んでしまった。

「おおい、大哥、はやく助けにきてくれえ！」

「ほう、助勢《じょせい》を呼んでいるのか。かならずや腕の立つやつがいるのであろうな。やってくるのを待って、会ってみよう」

ふたりはますます牛皐《ぎゅうこう》を追いつめて、逃がさなかった。

さて、客店の二階では、岳飛《がくひ》が眠りからさめると、三人はみな眠っていたが、牛皐《ぎゅうこう》だけが見えなかった。

主人の江振子《こうしんし》に尋ねてみると、

「武器を持って馬でお出かけですよ、東のほうです」

とのこと。岳飛《がくひ》は舌打ちした。

「しまった。もめごとを起こさなければいいが」

いそいで三人をたたき起こす。兄弟四人は馬に乗り、東に向かった。三叉路《さんさろ》にいき着くと、牛皐《ぎゅうこう》がどちらにいったかわからなくなった。ふと、ふたりの老人の姿を見かけたので、岳飛《がくひ》は馬をおり、近寄って一礼した。

「失礼ですがご老体にお尋ねします。さきほど、色黒の若い大男が、黒馬に乗り、どちらにいったか、ごらんになりませんでしたでしょうか。どうかお教えください」

「その黒い男はあんたの何かね？」

「それがしの義弟です」

「ほう！　あんたはこんなにも礼儀正しいのに、あんたの弟さんは、どうしてあんなに乱暴者なのかね」

岳飛《がくひ》が返答にこまっていると、老人たちは道を聞かれたようすを、ひととおり話した。

「さいわいにもこの年寄りに会ったからいいようなものを、もしも他人であったら、嘘《うそ》を教えられて、どこにいかされたかわかったものではない。あんたの義弟は小校場にいくといっていましたよ。東に向かって南に折れれば、小校場が見えるよ」

岳飛《がくひ》は礼を述べ、馬に乗って進むと、ようやく小校場が見えてきた。すると牛皐《ぎゅうこう》がそこで大声で叫んでいるのが聞こえた。

「大哥、はやく助けにきてくれえ！」

岳飛《がくひ》があわてて駆けこむと、牛皐《ぎゅうこう》が顔色を失い、口から白い泡を吹いているのが見えた。白衣白甲白馬《はっこう》の若者と、赤衣赤甲《せっこう》赤馬の若者が、おどろくほどたくみに槍と馬をあやつり、牛皐《ぎゅうこう》を追いつめ、もてあそんでいる。岳飛《がくひ》は馬をとばしながら叫んだ。

「弟を傷つけるな！」

楊再興《ようさいこう》と羅延慶《らえんけい》は振り向くと、牛皐《ぎゅうこう》を捨て、二本の槍で岳飛《がくひ》に突きかかった。三人は旋風《せんぷう》のように馬を駆けめぐらせながら、三十合あまりも槍をまじえたが、岳飛《がくひ》が槍を下に向けて放り投げると、大きな音が響いた。ふたりの槍の穂先は地面に着き、左手はほどけ、右手は石突きを握っている。この技は、名を「敗槍《はいそう》」といい、けっして助かる余地《よち》がない。ふたりは愕然《がくぜん》として、岳飛《がくひ》を見やると、口々にうめいた。

「神技だ！　われらはとてもおよばぬ」

彼らは馬首をめぐらして去ろうとした。岳飛《がくひ》は後ろから追いかけて、叫んだ。

「ふたりの豪傑、お待ちを。どうかお名前をお聞かせください」

ふたりは振り返って叫んだ。

「われらは河東《かとう》の楊再興《ようさいこう》、湖南《こなん》の羅延慶《らえんけい》だ。今回はわれらの負け、武挙を受けるまでもない。またいつか会おう」

そのまま馬を走らせて去っていく。

岳飛《がくひ》が馬首をめぐらし、小校場にもどって来ると、牛皐《ぎゅうこう》は三人の義兄弟にかこまれ、地面にへたりこんで息を切らしていた。岳飛《がくひ》は笑いをこらえた。

「君はどうして彼らと戦うことになったのだ？」

「いや、べつに恨《うら》みがあるわけじゃないが、武挙の競争相手の腕を知りたくて。あんなに強いとは思わなかった。大哥はあいつらに勝ったから、首席合格はきっと大哥のものだ」

「それはありがとう。天下にはかずしれぬ勇者がいる。もっと強いやつと試験で出会ったら、首席どころか合格すらおぼつかないな」

牛皐《ぎゅうこう》は頭を振った。

「もっと強いやつがいるのか。かなわんな、おれはあのふたりだけでたくさんだよ」

兄弟たちは大笑いしながら、宿に帰った。

さて、岳飛《がくひ》が翌日起きて、朝食を食べると、湯《とう》懐《かい》、張顕《ちょうけん》、王貴《おうき》の三人が話しかけてきた。

「われわれは武人として世に立とうと思っているのに、牛《ぎゅう》君のほかはまだ愛剣というものを持っていません。都には天下の名剣があつまっているというし、ひとつこのさい全員、剣を買いそろえませんか」

「ああ、いいことだ。私は余分な銀子《ぎんす》がないので、いいださなかったのだけど」

王貴《おうき》が胸をはった。

「大丈夫です。大哥の分まで、剣を買う銀子はおれがあずかっていますから」

兄弟たちはそろって出かけた。大通りに来て歩いてみると、刀店《かたなや》に掛《か》けてあるのは、どれも平凡な品物ばかりである。岳飛《がくひ》は兄弟たちをかえりみた。

「裏道にいってみたほうがいいだろう。ほりだしものがあるかも知れない」

弟たちと、とある胡同《こどう》（横丁）に入った。多くの店がある。にぎやかな店、さびれた店、さまざまだった。

ある店をのぞいてみると、いくつかの骨董《こっとう》がならべてあり、壁には有名人の書画や、五、六振りの刀剣が掛けてあった。岳飛《がくひ》が店に入ると、店主は急いで立ちあがり、拱手《こうしゅ》した。

「お客さまがた、おすわりください。どのような品物をお探しでしょうか」

「もしも良い刀か剣があれば、見せてくれ」

「ありますとも、ありますとも」

急いでひと振りの剣を下ろすと、きれいに拭《ぬぐ》って持ってきた。岳飛《がくひ》は受け取って、まず鞘《さや》を見たが、剣を抜いて見てみると、落胆したようにいった。

「ほかに良いものがあったら見せてくれ」

店主はまたひと振りの剣を持ってきたが、やはり気に入らなかった。つづけざまに何振りか見たが、どれも同じである。

「もし良いものがあるのなら、持ってきてくれ。もしないのなら、残念だがこの店に用はない」

岳飛《がくひ》にいわれて、店主は不愉快そうな表情をした。

「いったいどこが気に入らぬとおっしゃるので？」

「これは身分の高い人たちが買うものだ。美しく飾りたててあるが、実戦の役には立たない。もっと実用的なものを見せてくれ。もしも良いものがあれば、言い値で買うから」

店主はすこし考えた。

「わかりました。ほんとうに良いものをお求めでしたら、ただひと振り、わたくしの屋敷にございます。弟を呼びますので、お客さまがたにそこまでご足労ねがって見ていただきましょう。いかがですか」

「良い剣があるのなら、多少歩いてもかまわない」

主人は弟を呼んでいいつけた。

「このお客さまがたが剣をお求めでな。いくつ見ても、どれも気に入らないのだが、おそらく目の利《き》くおかたなのだろう。お前、家までいって、あの剣を見せて差しあげておくれ」

その人は返事をすると、一同を案内して歩き出した。

岳飛《がくひ》がこまかにその人を見ると、年齢はまだ二十代であろう、青い道士の服を着て、手には湘妃《しょうひ》の金の扇を持ち、何やら超然としている。

いくこと二里ほどで、屋敷の門に着いた。門の外は、みなしだれ柳、低い石垣に、竹づくりの扉であった。その人は軽く門をたたくと、中からひとりの童子《どうじ》が出てきて門をあけ、一同を草堂に招き入れ、挨拶をして席に着いた。童子が茶をすすめる。

「まず、お客さまがたのお名前と、出身をお聞かせください」

岳飛《がくひ》はいった。

「それがしは相州湯陰県《そうしゅうとういんけん》の出身、姓は岳《がく》、名は飛《ひ》、字《あざな》は鵬挙《ほうきょ》と申す」

その人はにっこり笑った。

「ほう、よいお名前ですな」

牛皐《ぎゅうこう》がしゃしゃり出た。

「おれは牛皐《ぎゅうこう》といって、陝西《せんせい》の出身だ。で、あんたの名は？」

「こら、失礼な。すまない、この弟は、短気な性格ですが、気のいい男ですので」

その人は立ちあがっていった。

「みなさま、ひとまずすわっていてください。それがし剣を持ってきてお目にかけますので」

まっすぐ中の方に去っていった。岳飛《がくひ》は頭をもたげて室内を見まわした。

「ここはなかなかの旧家だ。だからこのような古い絵がかけてあるんだろう」

また両側の対聯《ついれん》を見て、いった。

「ああ、あの人は、周《しゅう》という名字だったのか」

湯懐《とうかい》が不審そうに岳飛《がくひ》を見た。

「いっしょにここまで来て、あの人の姓名を聞いてもいないのに、どうして周《しゅう》という名字だとわかるのですか」

「対聯を見ればわかるよ」

「周《しゅう》の字は書いてありませんよ」

岳飛《がくひ》は笑った。

「まあ見ろよ、上の句は『柳営《りゅうえい》に春　馬を試《こころ》み』、下の句は『虎将《こしょう》は夜　兵を談ず』だろう。ここは兵営でもないのに、この対句が貼ってある。これは実は唐末《とうまつ》の独眼龍《どくがんりゅう》（李《り》克用《こくよう》）が信頼する部下の周徳《しゅうとく》威《い》に贈ったものだから、私は彼の名字は周《しゅう》だといったのさ」

李克用《りこくよう》と、その部下の周徳威《しゅうとくい》は、二百年ほど前の唐末五代《ごだい》の人で、どちらも稀代《きたい》の名将として知られている。

話しているところに、その人がひと振りの宝剣を持って出てきて、卓に置くと、またすわって一礼した。

「どうも失礼いたしました」

「いえいえ。どうかあなたさまのお名前をお聞かせください」

「それがし、姓は周《しゅう》、字《あざな》を三畏《さんい》と申します」

一同は驚いていった。

「あたった。大哥の学識はたいしたものだ」

周三畏《しゅうさんい》は岳飛《がくひ》を見つめた。

「岳《がく》どの、どうか剣をごらんになってください」

岳飛《がくひ》は立ちあがって、剣を手に取り、左手でしっかりとつかむと、右手で剣身を抜き出した。ようやく三、四寸、寒気が身に迫ってくる。さらに抜き出して仔細《しさい》にながめ、あわてて収めた。

「だめだ、これはとても買えない」

「おや、岳《がく》どの、この剣でもしやお気に召しませんか」

岳飛《がくひ》はくやしそうに首を振った。

「周《しゅう》どの、これはお屋敷の宝物で、値段は城ひとつほどにもなるでしょう。それがしがおろかな考えを抱いたこと、どうかお笑いにならないでください」

三畏《さんい》は剣を受け取ると、もとどおり卓に置いて、静かにいった。

「まあおすわりください」

「いや、これで失礼いたします」

「気の早いお人だ。ぜひご教示《きょうじ》を乞《こ》いたいことがあるのです。どうかおすわりを」

岳飛《がくひ》がしかたなくすわると、周三畏《しゅうさんい》は語りはじめた。

「私の祖先は、もともと代々の武人でしたので、この剣が伝わっているのです。いま私どもは武を文にあらためてもはや三代、この剣も何の役にも立ちません。祖父が以前、私たちに申しつけたのです。『もし後にこの剣のいわれがわかる者があらわれたら、この剣を贈り、びた一文受け取ってはならぬ』と。今、岳《がく》どのは宝剣であると見ぬかれましたから、教えてくださらなくてはなりません。この剣の主が誰になるかは、まだわかりませんよ」

岳飛《がくひ》は呼吸をととのえた。

「それがし、おそらくはこの剣であろうと思うのですが、ちがっているかもしれません。恥をかくかもしれませんが、思いきって申しあげます」

はたして岳飛《がくひ》はどのようなことを語り出すのか、それは次回のお楽しみ。

第十一回　周三畏《しゅうさんい》　教えを守って宝剣を贈り
宗留守《そうりゅうしゅ》　誓いを立てて真才《しんさい》を取る

　さて周三畏《しゅうさんい》がどうしてもこの剣の由来《ゆらい》を知りたがったので、岳飛《がくひ》は亡き恩師の周侗《しゅうとう》から教わった話を語りはじめた。長い長い話だ。

……はるかむかし春秋《しゅんじゅう》時代のこと、楚王《そおう》が七里山《しちりさん》に欧陽冶善《おうようやぜん》という腕の立つ刀匠《とうしょう》がいるのを聞き、使者をやって朝廷に召した。謁見《えっけん》がすむと、楚王がいった。

「孤《わし》がそなたをここに召したのは他でもない、そなたに二本の剣をつくるよう命ずる」

「大王にはどのような剣をおつくりになりたいのでしょうか？」

「雌雄《しゆう》二本をつくれ。いくらでも人を殺せるものをな。ことわればそなたを殺す」

「剣はつくることができますが、大王にお待ちいただけないのでは、と心配しております」

「なぜそのような心配をする？」

「そのような剣をつくるとすれば、すくなくとも三年は必要でございます」

「ではそなたに三年やろう。三年たってできなければ生かしてはおかぬぞ。そのかわり孤《わし》を満足させれば、報賞《ほうしょう》は望みのままじゃ」

楚王は金銀や絹織物や色模様の繻子《しゅす》をたまわった。治善《やぜん》は恩を謝して朝廷を出て家に帰り、妻にこのことを知らせて山中にこもり、剣をつくった。ただ、つくったのは二本ではなく三本であった。三年がたち、ようやく剣は完成し、治善《やぜん》は家に帰って妻に話した。

「私は今から楚国にいき、楚王に剣を献上してくる。楚王がこの剣を手にしたら、私がまた他の王者のために剣をつくることを恐れて、きっと私を殺すにちがいない。お前はもし凶報を聞いても悲しむな。お腹《なか》の子が生まれるのを待つのだ。もし女の子が生まれたらまあいい、もし男の子が生まれたら、その子をしっかり成人するまで育てて、三本めの剣をその子に与え、父の仇を討たせてくれ。私は草葉の蔭《かげ》から見守っておるぞ」

いい終えると妻と別れて、楚国へと向かった。楚王は治善《やぜん》から剣を受け取った後、治善《やぜん》を殺した。治《や》善《ぜん》の妻は家で凶報を聞き、やはりあえて悲しまなかった。やがて、ひとりの男の子を生み、苦心して育てた。男の子は七歳になり、学校に通って勉学に励《はげ》んだ。ある日、そこの学生といい争いをし、学生は彼に父親がいないことを口ぎたなくののしった。

「この無父児《むふじ》め！」

彼は泣いて家に帰り、母親に、父親がほしいとせがんだ。母親は涙を流し、子にはじめて父親のことを話して聞かせた。無父児は剣を見たいとせがみ、母親はやむなく例の剣を取り出した。無父児は剣を取り背中に負い、母親に育ててもらった恩を感謝して、楚国に父の仇を討ちにいこうとする。母親は泣いた。

「ああ、我が子はまだこんなにもおさないのに、仇討ちなどいかせてどうしよう」

父親のことを知らせるのが早すぎ、そのためにこうなったのだと母親は後悔し、ついに自分で首をくくって死んだ。無父児は家を焼きはらい、母親を火葬にした。そしてひとり剣を背負《せお》い、七里山の麓《ふもと》まで来たが、道がわからなくなり、一日じゅう泣いていた。泣きつづけて三日目、目から血が流れてきた。ふと山上を見ると、ひとりの道人《どうじん》がおりてきて尋ねた。

「子どもよ、なぜ目から血を流しておるのだ？」

無父児は仇討ちの話をした。道人はまじまじと無父児を見つめた。

「こんなにおさないお前がどうやって仇を討とうというのだ？　あの楚王は暴君だが、多くの兵士に守られている。どうやって近づけるというのだ？　わしが代わりにいってやってもいい。しかしお前からほしいものがある」

「何がほしいのですか？　この首がほしいというのならそれもまた望むところです」

「まさしく、お前の首がほしいのだ」

「もし父の仇が討てるなら、喜んで差しあげましょう」

無父児は道人に向かって何度も拝み、立ちあがってみずから首をはねた。道人は子どもの首を取り、剣を腰に帯《お》びて楚国へと向かった。そして宮殿の前で三度大笑いし、三度大泣きした。兵士が朝廷に報告したので、楚王は官吏をつかわして査問《さもん》した。道人は答えた。

「三度笑ったのは、世の人々が私の尊《たっと》さを知らないのを笑ったのだ。三度泣いたのは、むなしくこの尊い宝を持っていても識見のある者に遇《あ》わないことを泣いているのだ。わしは『長生不老丹《ちょうせいふろうたん》』を楚王に差しあげようと思っておる」

報告を聞いて、楚王はいった。

「あの者に、はいるよう申せ」

道人は朝廷に進み入り、無父児の首を取り出した。楚王はひと目見て舌打ちした。

「これは人の首ではないか、何が『長生不老丹』だ!」

道人は答えた。

「油の入った鍋を二つ用意してくださいませ。首を鍋に入れ、油を沸騰《ふっとう》させること一刻、首は徐々に唇が赤くなり、歯が白くなるのがわかります。煮出して二刻となると、口や目が動き出します。もし三刻まで煮て、取り出して机の上に供《そな》えれば、朝廷の文武百官の姓名をすべて呼ぶことができます。四刻まで煮出せば、首のてっぺんから蓮《はす》の葉が出て花を開きます。五刻まで時間をかければ、蓮の実の苞《ほう》が結び、六刻には種子が成り、一粒食べれば若いまま百二十歳まで生きることができるのでございます」

「まことであろうな。いつわりであったら生命はないぞ」

楚王は左右の者に命じて二つの油の入った鍋を用意させた。六刻まで時間をかけて煮つづけると、蓮の種子が実を結んだ。道人はいよいよ楚王に「長生不老丹」を取りに来るよう招いた。楚王が御殿をおりて近づくと、すかさず道人は剣を抜き、ただ一閃に楚王の首を油鍋の中に斬り落とした。

群臣がそれを見て、道人におそいかかると、道人もまたみずから首を鍋の中に斬り落とした。群臣はあわてて鍋の中を探ったが、三個一様のどくろ、どれが楚王の首かわからない。やむなく縄を通してつなぎ、いっしょに棺に入れて葬った。昔からいう「楚に三頭墓《さんとうぼ》あり」とは、つまりこの故事《こじ》をいうのだ。

そしてこの剣は名づけて「湛盧《たんろ》」といい、唐の時代、天下無双の驍将《ぎょうしょう》として名高い薛仁貴《せつじんき》が手に入れて愛用したといわれている……。

「いまどうしてそれがあなたのお宅にあるのですか?　またこの剣が本当にそうなのでしょうか?」

岳飛《がくひ》が語り終えてそう質《ただ》すと、周三畏《しゅうさんい》はうれしそうに笑った。

「おみごと、すべてそのとおりです」

彼は身を起こして机の上から剣をとり、うやうやしく岳飛《がくひ》に手渡した。

「この剣は五百年も世に埋もれておりましたが、今日ようやく主に出会うことができました。どうぞ岳《がく》どの、お収めください。後にはかならず天下の棟《とう》梁《りょう》となるお方なら、祖先の遺言にも背《そむ》きますまい」

岳飛《がくひ》はためらった。

「人さまの家宝を私などがいただくわけにはまいりません」

「これは先祖の命《めい》でございます。私めがどうしてさからえましょう」

ついに岳飛《がくひ》は相手の厚意を受けて、剣を腰に帯び、周《しゅう》家の徳を感謝すると、別れを告げた。周三畏《しゅうさんい》は門の外まで送り、ご自愛くださいといって別れた。このふたりが再会するのは、二十二年後のことになる。それもおどろくべき場所で。

岳飛《がくひ》はまた兄弟たちと別の刀店をたずね、りっぱな剣を三本買った。宿にもどるころには、いつのまにか空は暗くなっていた。

兄弟たちは夕飯を食べ、翌日の朝食を早目にたのんで、一同安眠した。

四更《しこう》（午前二時ごろ）、主人が若い客たちを起こしにきた。兄弟たちは起きて支度《したく》をし、食事をすませてそれぞれきちんと軍装をととのえた。湯懐《とうかい》は白の長衣に銀の鎧《よろい》、矢をさし弓を引き絞った。張顕《ちょうけん》は緑の長衣に金の鎧、剣をかけ笞《むち》をさげる。王貴《おうき》は赤の長衣に金の鎧。牛皐《ぎゅうこう》は鉄の兜《かぶと》に鉄の鎧、まるで巨大なカラスのように黒ずくめだ。

一同は鎧の音をたてながら階下におり、宿の門の外までやってきて馬にまたがった。ふと見ると江振《こうしん》子《し》が灯球《ちょうちん》を持ってきて高々とかかげ、岳飛《がくひ》たちを見送った。みなが出発しようとすると、またひとりの給仕人が左手に杯をかさね、右手に大きい酒壺を持ってあらわれた。江振子《こうしんし》が告げる。

「お客さまがた、どうぞ馬上で一杯召しあがれ。めでたく合格なさいますように」

一同はよろこんで大碗三杯ずつ飲み、その後いっせいに馬を打ち、会場である校場《こうじょう》へとやってきた。

入場して、見れば各地方から選ばれた受験生が、全部で何百人いることか、先に来た者、後から来る者と黒山の人だかり、押し合いへし合い、身動きができないほどだ。

岳飛《がくひ》は兄弟たちをかえりみた。

「ここは人が多すぎるな。少し静かなところへいって立っている方がよさそうだ」

そこで場内の広間の端へいき、長い時間立っていた。牛皐《ぎゅうこう》は店を出るとき、江振子《こうしんし》が自分の馬の後ろに何かものを結びつけたのを思い出し、ちょっと見てみようとした。見てみると、鞍《くら》の後部に大きな袋が引っかけてある。手を伸ばして中を探ってみると、なんと何十個もの饅頭《まんじゆう》だった。中にはたっぷりと牛肉が詰まっている。これは江振子《こうしんし》の心づかいで、試験になったら長い時間、腹をすかせながら順番を待つことになるだろうと、弁当を用意してくれたのだ。牛皐《ぎゅうこう》はよろこんだ。

「こりゃいい、試験が中断しても外で食事する暇《ひま》はないだろうしな。いま食べてしまうのがいい、馬も疲れないですむ」

たちまちみんなたいらげてしまった。腹をさすりながら休んでいると、王貴《おうき》がやってきた。

「牛《ぎゅう》兄弟、みなすこし腹がすいた。宿の主人が弁当を用意してくれたはずだから、持ってきてみんなで食べよう」

牛皐《ぎゅうこう》は不思議そうに王貴《おうき》を見た。

「お前さんのはないのか?」

「全部お前の馬の後ろにかけてある」

牛皐《ぎゅうこう》は両手をひろげた。

「これはまたついてない！　おれはまたお前さんたちみんなそれぞれ弁当を持っているものだとばかり思っていた。だからおれはこの牛肉饅頭をひたすら食べてたいらげて、腹の皮がもうこれ以上張らないというくらい突っぱってるよ。まいったな、全員の分だったのか」

王貴《おうき》は怒り出した。

「すこしは考えてから食ったらどうだ。一人前にしては多すぎると思わなかったのか。おれたちの弁当をどうしてくれる!?」

「どうしようもないだろ、もう食っちまったんだから」

岳飛《がくひ》がそれを聞いてふたりをたしなめた。

「王《おう》兄弟、もういうな、もし他人に聞かれたら下品に思われるぞ。牛《ぎゅう》兄弟、お前はそもそもこのようなことではいけない、食べるときにはまず仲間にひと声かけるべきだ。全部自分で食べてしまって、それがいいことか？」

牛皐《ぎゅうこう》は憮然《ぶぜん》とした。

「わかったよ。つぎに食べ物があるときは、みんなで食べればいいんだろ」

ちょうど話が終わったところで、にわかに誰かが呼ぶのが聞こえた。

「岳《がく》どのはどちらか？」

牛皐《ぎゅうこう》が聞きつけ、どなり返した。

「ここにいるぞ！」

「またここでよけいなことを口にして問題を呼びこまないでくれよ」

岳飛《がくひ》にいわれて、牛皐《ぎゅうこう》はむくれた。

「誰かがどこかでお前さんを呼ぶから、答えてやったのが、どうしてよけいなことなんだ？」

そこへ声の主があらわれた。ひとりの軍士《ぐんし》（下士官）が前におり、その後ろではふたりの兵士が食べ物の入ったザルを持っている。

「どうしてこんなところに立っておられるのか？捜すのに大変苦労させられましたぞ。私は留守府《りゅうしゅふ》からきた者です。宗《そう》留守閣下の命を受けて、特に酒と食事をとどけにきました。召しあがってください」

一同は馬をおりて感謝し、酒と食事をご馳走《ちそう》になった。

「今回はお前さんたちに譲って、おれは食べないよ」

牛皐《ぎゅうこう》がいうと、王貴《おうき》が笑った。

「どうせ食べられないんだろう。おれたちがたいらげるのを、まあゆっくり見ていてくれ」

一同が酒と食事をすませるころ、空は次第に明るくなり、千人以上の受験生が会場にひしめいている。張邦昌《ちょうほうしょう》、王鐸《おうたく》、張俊《ちょうしゅん》の三名の試験官がそろって校場に入り、演武庁にすわった。ほどなく宗沢《そうたく》もやってきて、演武庁にあがり、三人に礼をほどこして席につく。張邦昌《ちょうほうしょう》が口を開いた。

「宗《そう》閣下のお弟子さんも参加するのですな？」

宗沢《そうたく》は答えた。

「はて、弟子とは何のことでしょう、張《ちょう》閣下がそのようにおっしゃるとは？」

「おかくしあるな。湯陰県《とういんけん》の岳飛《がくひ》といえば、あなたのお弟子ではないのですか？」

張邦昌《ちょうほうしょう》の表情には、何やらふくむところがあるようだ。宗沢《そうたく》は相手の真意をさとった。張邦昌《ちょうほうしょう》ら三人は、最初から梁王《りょうおう》を首席合格させるつもりなのだ。受験生についての情報をあつめて岳飛《がくひ》のことを知り、宗沢《そうたく》が岳飛《がくひ》をひいきするのではないかとうたがい、牽制《けんせい》しようとしているのだった。

「これこそは国家の大典《たいてん》、ひいきで左右されてはなりませんな。いま天に誓いを立て、公正に試験をおこなうべきです」

宗沢《そうたく》は左右の者を呼んだ。

「こちらに来て香炉を並べておくれ」

身を起こしてまず天地を拝み、再度《さいど》ひざまずいて祈りをささげた。

「われ宗沢《そうたく》、浙江金華府義烏県《せっこうきんかふぎうけん》人、聖恩《せいおん》をこうむり武生《ぶせい》（武挙の受験生）を試験しまするに、赤心《まごころ》を尽くし、公平な態度で賢才を抜擢《ばってき》し、朝廷のために力を尽くします。もし一点たりとも君を欺《あざむ》き、法を売り、国を損じ財を求めるの念あらば、かならずや法によって死すべし」

誓いを終えて起きあがると、張邦昌《ちょうほうしょう》にも同様の誓いを立てるよう願った。張邦昌《ちょうほうしょう》はにがい顔をしたが、拒絶するわけにもいかず、宗沢《そうたく》にならってひざまずいた。

「われ張邦昌《ちょうほうしょう》、湖広黄州《ここうこうしゅう》人、聖恩をこうむり武生を試験いたします。もし君を欺き、法を売り、賄賂《わいろ》を受け、人材を失うようなことあらば、この一生は異国で豚に生まれ変わり、刀下《とうか》に死せん」

誓いの言葉としては、ずいぶんと奇妙なものだ。張邦昌《ちょうほうしょう》としては、誓いを立てないわけにはいかず、といって現実的に責任をとるようなことを口にする気にもなれない。異国だの豚だの生まれ変わるだのと虚言《きょげん》をならべて、この場をしのいだのである。

王鐸《おうたく》も誓いを立てることになり、いやいやひざまずいた。

「われ王鐸《おうたく》、邦昌《ほうしょう》と同郷人、もし心欺《あざむ》くことあらば、彼が豚となるとき、私は羊となり、ともに法に死せん」

誓いが終わって立ちあがり、心の中でひそかに思った。

（張邦昌《ちょうほうしょう》め、くえぬやつだ。ここはひとつ、やつを見習っておくとしよう）

四人目の張俊《ちょうしゅん》は盗賊あがりの無学な男であった

が、同腹《どうふく》のふたりのまねをして、もっともらしく誓った。

「われ張俊《ちょうしゅん》、南直隷順州《なんちょくれいじゅんしゅう》人、もし君を欺く心あれば、まさに万人の内に死すべし」

誓いを立てた四人、それぞれの最期《さいご》については歴史の知るところ。読者の方々はお忘れなく物語の展開をお待ちあれ。

さて四名の試験官は誓いを立て終わり、もとのように一礼して広間にすわった。宗沢《そうたく》は心中ひそかに思った。

（彼ら三人はすでに腹が決まっている。このたびの首席合格者はかならず梁王《りょうおう》を選びたいはずだ。梁《りょう》王《おう》を召喚《しょうかん》してまず試してみる必要があるな）

宗沢《そうたく》は旗牌官《きはいかん》を呼んで命じた。

「寧州《ねいしゅう》の挙子《きょし》（受験生）柴桂《さいけい》を呼んであがらせよ」

梁王《りょうおう》が旗牌官にしたがって広間にやって来た。年齢は二十五歳ぐらいか、堂々たる貴公子ぶりだ。手をこまねいて一礼すると、そのまま立って命令を待つ。宗沢《そうたく》はきびしく見すえた。

「お前が柴桂《さいけい》か？」

立ったままで梁王《りょうおう》は答えた。

「いかにも」

「お前は朝廷にあっては梁王《りょうおう》として尊貴《そんき》の身だが、こうやって武挙を受験にきたからには、一介《いっかい》の挙子にすぎぬ。挙子が試験官の前でひざまずかぬという道理がどこにあろうか？　挙子として最低の礼儀も守れぬと申すなら、武挙を受ける資格などない。さっさと領地へもどり、名誉と節度《せつど》をまっとうするがよい」

梁王《りょうおう》は宗沢《そうたく》に叱咤《しった》されて怒ったが、非《ひ》をみとめ、頭をさげてひざまずくしかなかった。

張邦昌《ちょうほうしょう》はそれを見て内心、歯ぎしりした。

（宗沢《そうたく》のおいぼれめ、梁王《りょうおう》だけでなく私にも恥をかかせおって。よかろう、こちらもきさまの弟子に恥

をかかせてやる）

張邦昌《ちょうほうしょう》は旗牌官に命じた。

「あの湯陰県《とういんけん》の挙子・岳飛《がくひ》を呼んでまいれ」

岳飛《がくひ》はすぐに駆けつけ、梁王《りょうおう》・柴桂《さいけい》が宗沢《そうたく》の前にひざまずいているのを見て、自分は張邦昌《ちょうほうしょう》の前にひざまずいた。

「お前が岳飛《がくひ》か？」

「はい」

「お前はべつに衆《しゅう》に抜きん出ておるようには見えぬ。どのような才能があって首席になりたいというのか？」

岳飛《がくひ》には張邦昌《ちょうほうしょう》の真意がわからず、きまじめに答えた。

「武挙において、何千人もの挙子がおり、ひとりのこらず首席合格を望んでおります。私めはそのひとりであるにすぎませぬ。才能の有無《うむ》については、試験官のみなさまがたに公正に審査していただくだけのことと存じます」

「ふむ、まあよい。まずお前たちふたりの能力がどのようであるか試してから、その後で他の者を試験しよう。お前が使うのはどの武器だ？」

「槍でございます」

張邦昌《ちょうほうしょう》は梁王《りょうおう》に向きなおった。

「そなたはどの武器を使うのか？」

「刀でございます」

そこで論述試験ということになり、岳飛《がくひ》は「槍論」を、梁王《りょうおう》は「刀論」を述べることになった。ふたりは命を受けて広間の両端で机に紙と筆を並べ、それぞれ論文を作った。もともと梁王《りょうおう》の才学は非凡なものだったのだが、宗沢《そうたく》に叱咤されて誇りを傷つけられ、感情が激していたので、筆をおろして「刀」の字を書くと、思わず頭が出て「力」という字のようになってしまった。しまったと思ったが、どうしようもなく、あとは文字も論旨《ろんし》も乱れたまま書きつづけるしかなかった。ほどなく岳飛《がくひ》は答案を提出し、梁王《りょうおう》も不本意ながら、答案を差し出した。張邦昌《ちょうほうしょう》はまず梁王《りょうおう》の答案を見て、さりげなく袖の中に隠し、次に岳飛《がくひ》の文章を見ておどろいた。

(この者の文才、まことに非凡。宗沢《そうたく》が重んじるわけだ。だが貧しい無学の身で、なまいきな)

そしてわざと大声で叫んだ。

「こんな文章で首席合格を勝ち取ろうとは!」

答案を床に投げつけて叫んだ。

「外へ引っぱり出せ!」

左右の者はその声で、どっと押し寄せ、いまにも岳飛《がくひ》に手をかけようとした。すると宗沢《そうたく》が大声で叫んだ。

「手をかけてはならん、やめるのだ!」

役人たちが立ちどまると、宗沢《そうたく》が命じた。

「岳飛《がくひ》の答案をとって私に見せよ」

左右の者はまた張邦昌《ちょうほうしょう》が怒るのを恐れ、たがいに顔を見あわせて、動く勇気がない。岳飛《がくひ》は自分で答案をひろいあげ、ひざまずいて宗沢《そうたく》に差し出した。宗沢《そうたく》は受け取って机の上に置き、広げてよく読むと、文字も論旨もみごとなものだ。それも道理、岳飛《がくひ》は千年の後まで書の達人として知られるようになる人物なのだから。

宗沢《そうたく》はさげすむように張邦昌《ちょうほうしょう》を見やった。

(この奸賊《かんぞく》は、このように人材を軽んじて私益《しえき》を重んじるか)

声に出してはこういった。

「岳飛《がくひ》よ、このていどの才能でどうやって首席を得ようというのだ? 蘇秦《そしん》が献上した『万言書《ばんげんしょ》』や、温庭筠《おんていいん》が代作した『南花賦《なんかふ》』の故事を知っておろう?」

このふたつ、何の故事であろうか? むかし蘇秦《そしん》が秦国《しん》にいき万言の策を上奏《じょうそう》したために、秦の宰《さい》相《しょう》たる商鞅《しょうおう》は彼の才能を妬《ねた》み、後々《あとあと》権力を奪われるのを恐れて、蘇秦《そしん》を追放してしまった。温庭筠《おんていいん》は晋《しん》の宰相・桓文《かんぶん》につかえていた文人だが、主人にかわって代作した「南花賦」という詩があまりにもすばらしかったので、嫉妬した桓文に殺され、詩の作者としての地位までうばわれてしまった。

つまりどちらも、権力者が他人の才能を嫉妬《しっと》したという話である。

張 邦 昌《ちようほうしよう》はそれを聞き、宗沢《そうたく》の痛烈《つうれつ》な皮肉をさとって激怒した。これより場面は急展開する。

はたしてこの後どうなりますか、それは次回のお楽しみ。

第十二回　状元を奪って梁王《りょうおう》槍を挑み
武場に反して岳飛《がくひ》放走す

　さて張邦昌《ちょうほうしょう》は宗沢《そうたく》の話したふたつの故事《こじ》を聞き、痛烈《つうれつ》に皮肉られたことをさとって激怒した。だが宗沢《そうたく》と論争することもできない。まさに「怒る勇気はあってもいう勇気がない」である。張邦昌《ちょうほうしょう》は宗沢《そうたく》を相手にせず、岳飛《がくひ》をいびることにした。

「岳飛《がくひ》よ、お前の文章のまずさはもういうまい。ひとつ聞くが、お前は梁王《りょうおう》と弓矢の腕比べをする勇気があるか？」

「ご命令とあらばつつしんで」

「よし、みなの者、矢の標的を百五十歩先に並べよ」

　梁王《りょうおう》は標的があまりに遠いのを見て、張邦昌《ちょうほうしょう》に向かっていった。

「私の弓は気が弱い。先に岳飛《がくひ》に射てもらいましょう」

　張邦昌《ちょうほうしょう》は岳飛《がくひ》を下段に呼んで先に射させた。またこっそりと従者に命じ、標的を二百四十歩の場所に動かさせた。岳飛《がくひ》のやる気をそぎ、あわよくば追い出すためである。だが岳飛《がくひ》はいっこうにあわてず、身体をしっかり起こし、天下の英雄の表情となると、弓を張って矢をつがえた。これこそ「弓を張れば満月のごとく、矢を放てば流星に似たり」である。弦音《つるおと》たかく九本を連射した。弓を監視する官が、九本の矢、さらに射ぬいた標的さえも、すべてかかえて張邦昌《ちようほうしよう》の前にひざまずいた。

「この挙子《きよし》の技倆《うでまえ》は抜きん出ております。九本の矢がすべてひとつの穴から出ております」

張邦昌《ちようほうしよう》はうなった。岳飛《がくひ》がこれほどの達人とは思わなかったのだ。

梁王《りようおう》は内心あせった。

(弓矢は岳飛《がくひ》の方が上だ。この上は刀と槍で試合するしかない。やつに話をつけて予《よ》に勝ちを譲らせよう。いやだといったら、勢いにまかせてやつを斬《き》り殺してしまえば、あとくされもない)

考えがさだまったので願い出た。

「岳飛《がくひ》の矢はすべて当たりました。もし柴桂《さいけい》も当たれば、どうやって優劣をつけましょう? ここは彼と武芸の試合をいたしたく存じます」

張邦昌《ちようほうしよう》はそれを聞き、岳飛《がくひ》と梁王《りようおう》に試合をするよう命じた。

梁王《りようおう》は、すぐに愛馬にまたがった。手には金銀珠《しゆ》玉《ぎよく》でかざった大刀をにぎり、校場《こうじよう》の中央に馬を立てて叫んだ。

「岳飛《がくひ》、早く来い、わが刀を見よ!」

岳飛《がくひ》はためらった。馬に乗って槍をかまえ、ゆっくりと前に進む。堂々たる梁王《りようおう》のようすにひきかえ、見るからに消極的だ。校場にいる受験生や見物する者は数万人にのぼるが、岳飛《がくひ》のこのような光景を見て失望した。吉青《きつせい》という名の挙子が、仲間に語りかける。

「ありゃだめだ。相手が梁王《りようおう》だというのでびびっている。勝てっこないぞ」

宗沢《そうたく》もまたこう思った。

(はて、これはわしのめがねちがいであったか。権勢をおそれて媚《こ》びるような者であったとは！）

梁王《りようおう》は岳飛《がくひ》が目の前に来たのを見て、低く声をかけた。

「岳飛《がくひ》、お前に話がある。お前がもしわざと負けてくれれば、予の目的も達成できる。金銀はもとより、予の王府《おうふ》（王の公邸）で一生安楽につかえさせてやろう。だがもししたがわなければ、お前の生命は保証しかねるぞ」

岳飛《がくひ》は答えた。

「殿下のご命令とあれば、本来は当然したがうべきですが、今日この場にて試験する者は、岳飛《がくひ》ひとりではございません。ここに集まっている受験生はみな何年も苦労して武芸をみがき、功名をあげ、祖先の名を輝かせようと望むだけなのです。いま王は堂々たる一藩《いっぱん》の王でおいでです。富貴《ふうき》すでにきわまっておられますのに、何をわざわざ、これらの寒門《かんもん》の出と名を争われるのですか。王侯としての度量をおしめしになって、合格者を引き立てるがわにまわっていただきたく存じます」

梁王《りようおう》はそれを聞いて激怒した。

「なまいきに、お説教する気か！　人の厚意のわからぬ狗頭《ばかもの》め、こうなったら実力でおそれいらせてくれるわ。覚悟せよ！」

大刀をきらめかせると、岳飛《がくひ》の頭部めがけて斬《き》りつけてきた。岳飛《がくひ》は槍を一旋《いっせん》させて、刀を受け流した。

梁王《りようおう》は今度は胴をめがけて刀をふるった。岳飛《がくひ》は槍の柄を横に倒し、右側で受けた。これこそは「鷂《よう》子大翻身《しだいほんしん》」の技である。しかしいまだかつて技のすべてを使ったことはない。必殺の斬撃《ざんげき》を二度まで受け流され、梁王《りようおう》はいきりたった。たてつづけに六、七合。岳飛《がくひ》はそれを破る技を使った。ひと呼んで「童子抱心勢《どうじほうしんせい》」。東から来れば東を受け、西から来れば西に受ける。梁王《りようおう》は岳飛《がくひ》の防御《ぼうぎょ》を破ることができない。

梁王《りようおう》は刀をおさめ、馬を回して、広間へ取って返した。

馬をおりて広間へ駆けあがり、張邦昌《ちようほうしよう》に申し出る。

「岳飛《がくひ》の武芸は語るにたりませぬ。まともに戦う気にはとうていなれませぬが」

張邦昌《ちようほうしよう》がうなずいた。

「たしかに、わざわざ戦うまでもないようだ」

宗沢《そうたく》は岳飛《がくひ》を自分の前に呼んでいった。

「失望したぞ。そのていどの技倆で、どうやって梁《りよう》王《おう》と戦うと申すのだ」

岳飛《がくひ》はうつむいた。

「梁王《りようおう》は身分の高いお方、全力で戦う勇気が、それがしにはないのです」

宗沢《そうたく》は眉をひそめた。

「全力をつくせぬと申すのなら、お前は試験を受けに来るべきではない」

岳飛《がくひ》は顔をあげた。おさえていた怒りに、声がふるえそうだ。正々堂々と戦って勝つことだけが望みなのに、なぜこんな目にあわされるのだろう。

「おそれながら申しあげます。今回の試験はあまりにも異例でございます。梁王《りようおう》のような尊貴《そんき》の方と戦って、万が一にも死なせてしまうようなことがあれば、わが母や兄弟たちにも累《るい》がおよびましょう。ゆえに、お願いいたします。梁王《りようおう》と私とでそれぞれ生《せい》死文書《しもんじよ》を定めることを。どちらがあやまちを犯し、相手の生命を奪うことになっても、罪は問わないという内容のものを。そうすれば私は全力で梁王《りようおう》と競いあうことができます」

宗沢《そうたく》はうなずいた。

「なるほど、もっともなことだ。一対一の試合で、結果に罪を科すことはできぬ。柴桂《さいけい》、お前は応じるか?」

梁王《りようおう》は躊躇《ちゆうちよ》したが、張邦昌《ちようほうしよう》がささやいた。

「岳飛《がくひ》のほうからこう申しているのだ。生死文書をかわしておけば、梁王《りようおう》、そなたが彼を討《う》ちはたしても、法的な問題は何もない。お受けになるがよろしかろう」

梁王《りようおう》はついに了承した。ふたりはそれぞれ花押《かおう》(図案化したサイン)を書き、四名の試験官に差し出して印をついた。梁王《りようおう》のものは岳飛《がくひ》に渡され、岳《がく》飛《ひ》のものは梁王《りようおう》に渡される。梁王《りようおう》はその文書を張《ちよう》邦昌《ほうしよう》に渡し、張邦昌《ちようほうしよう》は受け取って収めた。岳飛《がくひ》がそれを見て、文書を宗沢《そうたく》に渡そうとすると、宗沢《そうたく》は首を横に振った。

「これはお前自身の生命にかかわるものだ。自分で収めるべきであろう。私に渡してどうする。早くいかんか!」

この頑固《がんこ》な老人は、どこまでもきびしく公私《こうし》の別をつけようとするのだった。そこで岳飛《がくひ》は四人の兄弟のもとへ足を運んで、指示を出した。

「湯《とう》兄弟、もし試験が中断して梁王《りようおう》が負けたら、君は牛《ぎゆう》兄弟と、梁王《りようおう》の天幕《てんまく》の入り口で待機するのだ。何があってもうろたえないように」

「こころえました」

「張《ちよう》兄弟よ、お前は天幕の後ろを見ろ、すべて梁《りよう》王《おう》家の私兵《しへい》だ。もしやつらが梁王《りようおう》に手を貸そうと動いたら、お前はあそこで阻止《そし》してくれ。王《おう》兄弟よ、お前は武器をととのえて校場の門前で待ち、私があえなく梁王《りようおう》に斬り殺されたら私の死体をかたづけてほしい。もし敗《やぶ》れただけなら、校場の門を切り開いて、私がうまく逃げられるのを待っていてくれ。この生死文書はしっかりあずかっていてくれよ。もしなくしたら私の生命も終わりだ!」

命じ終えると、身を返して校場の中央に来た。そのときここに来ていた多くの挙子たちや見物人、まさに数千数万、押し合いへし合い、校場の四面をかこんで、ふたりの試合を見ようとした。

さて、梁王《りょうおう》は岳飛《がくひ》と生死文書を定め、心中いささか不安を禁じえなかった。急ぎ足でひとまず天幕の中へ帰る。天幕の中には、家将《かしょう》（郎党）や側近など多くの者が待機していた。梁王《りょうおう》は天幕の中央へ来てすわり、家臣一同を目の前に集めた。

「予は今日この試合にやってきて、おだやかに首席合格を勝ち取ろうと思っていた。しかし予期せずあの岳飛《がくひ》と出会い、試合をすることになった。生死文書を定めたのは、やつめが予と本気で戦って殺すつもりだからに違いない。そなたたち、やつに勝つ良い考えはないか？」

家臣たちは口々にいった。

「千歳《せんざい》（王に対する敬称）、ご心配にはおよびませぬ。やつがもし大した技倆でなければ、千歳ご自身で打ち殺しておしまいになればよろしいでしょう。もしやつが意外に強ければ、われら一同が飛び出してやつを斬りすてましょう。ここには張太師《ちょう》（張邦昌《ちょうほうしょう》）らが試験官としておられるのです。すべて千歳のお味方ですぞ」

梁王《りょうおう》はそれを聞いて大いに喜び、あらためて準備をととのえ、鎧《よろい》を身につけ、校場の中央に馬をすすめた。そこへ岳飛《がくひ》もやって来た。梁王《りょうおう》は岳飛《がくひ》が勇ましく、意気揚々《いきようよう》とし、先ほどの気のすすまないようすとは比べ物にならないのを見て、またも弱気になった。そこで声をかけた。

「岳挙子《がくきょし》よ、悪いようにはせぬから、すべて予にまかせておけ。首席さえ予に譲れば、二位でも三位でもお前の席はちゃんとあるし、今後いくらでも良い目を見せてつかわそう。今日どうしてわざわざ予にたてつくのだ？」

岳飛《がくひ》はできるだけ冷静に答えた。

「王よ、よくお聞きください、挙子が何年も苦労して武芸をみがくのは何のためでしょうか？　公正な試験を受けて、いずれ天下に武名をあげるためです。堂々と勝負いたしましょう。ただ梁王《りようおう》が実力で私にお勝ちになることを願うばかりです。もしあなたが権勢《けんせい》にまかせて不正をおこなったりなさったら、天下の物笑いですぞ！」

梁王《りようおう》はそれを聞いて大いに怒り、刀を振りかざし、岳飛《がくひ》の頭のてっぺんめがけて打ちおろした。岳《がく》飛《ひ》は瀝泉槍《れきせんそう》をふるって受けとめた。金属音がひびきわたる。梁王《りようおう》は両腕がしびれた。

「おのれ！」

逆上して、さらに猛然と斬りつける。岳飛《がくひ》はまたも槍を軽く動かし、梁王《りようおう》の刀をはねかえした。梁《りよう》王《おう》は岳飛《がくひ》が反撃してこないのを見て、彼に攻撃する勇気がないと判断し、大胆になった。刀を舞わせて、右から左から、たてつづけに斬撃《ざんげき》をあびせ、岳《がく》飛《ひ》の首すじをたたき斬ろうとする。岳飛《がくひ》は完全に梁《りよう》王《おう》の技倆のほどを見切ったので叫んだ。

「柴桂《さいけい》！　あなたはこのていどの武芸で天下の勇者をさしおいて首席合格しようとしたのか。あきれたことだ。生命が惜しければさっさと帰るがいいぞ！」

梁王《りようおう》は自分の本名を呼ばれたのを聞き、雷のごとく怒った。

「岳飛《がくひ》、この狗頭《ばかもの》めが！　予はお前を立てて挙子と呼んでおるのに、お前は無礼にもわが本名を呼びすてにしおったな。生かしてはおかぬぞ！」

刀を振りあげ、岳飛《がくひ》の首すじめがけて、はげしく斬りおろす。岳飛《がくひ》はあわてず、槍を動かして受けとめ、強く刀をはじくと、梁王《りようおう》の胸をめがけて突きこんだ。

ただ一合。岳飛《がくひ》の槍は梁王《りようおう》の胸をつらぬいた。そのまま槍をはねあげると、梁王《りようおう》の身体は血を噴きあげて宙に舞った。地にたたきつけられたとき、すでに死んでいる。

校場に集まった挙子や見物人はそろって喝采《かっさい》をあげた。左右の巡視官は仰天《ぎょうてん》し、護衛の兵士や軍の夜勤組なども声をのんで立ちすくむ。巡視官は飛びあがって護衛兵にわめいた。

「岳飛《がくひ》をつかまえろ、逃がすな！」

岳飛《がくひ》は顔色も変えず、槍を地面に突き立てた。そして馬上に胸をはって、命令を待った。

巡視官のひとりは、飛ぶように走って演武庁へ報告にやって来た。

「申しあげます、梁王《りょうおう》が岳飛《がくひ》に殺されました。ご指示を願います」

宗沢《そうたく》は聞き、顔色は変えなかったけれども心の中ではいささかあわてていた。張邦昌《ちょうほうしょう》は真っ青になって叫んだ。

「早く逮捕してまいれ！」

たちまち岳飛《がくひ》はしばりあげられ、試験官たちの前へつき出された。梁王《りょうおう》の家将や従者たちは、それぞれ武器を取って躍《おど》り出し、梁王《りょうおう》の仇を討とうとした。彼らの前に湯懐《とうかい》と牛皐《ぎゅうこう》が馬を立ちはだからせ、そろって大声をあげる。

「岳飛《がくひ》が梁王《りょうおう》を突き殺したのは、理由あってのことだ。お前たちがもし権勢を頼みとするならば、われら天下の英雄は弱い者の肩を持つぞ！」

梁王《りょうおう》の家臣は、こぞって天幕から出ようとしたが、待ちかまえていた張顕《ちょうけん》に槍で天幕を半分に引き裂かれた。張顕《ちょうけん》は大声で叫んだ。

「お前たち、誰かほしいままにふるまう勇気があるか？　われら好漢を怒らせるようなまねはするな。しばらくお前たちの命はあずかっておく！」

機先を制されて、梁王《りょうおう》の家臣たちはひるんだ。ちょうどそのとき、張邦昌《ちょうほうしょう》が命令を下した。

「岳飛《がくひ》の首を斬れ！」

ほとんど同時に宗沢《そうたく》も叫んでいた。

「ならぬ！」

張邦昌《ちょうほうしょう》の前に立って、宗沢《そうたく》は強い口調で説得した。

「岳飛《がくひ》を殺してはいけない。彼らふたりはすでに生死文書をかわし、おのおの生命ではつぐなわないことになっておる。あなたも私も、印を文書についたのだ。もし岳飛《がくひ》を殺せば、彼の義兄弟たちは承服《しょうふく》せず、どんな混乱が生じるかわからぬ。この件はぜひとも皇帝に申しあげて、ご裁断《さいだん》を請《こ》うて然《しか》るべきでしょう」

張邦昌《ちょうほうしょう》はいきりたった。

「岳飛《がくひ》は一介《いっかい》の受験生にすぎぬ。それが一国の藩王《はんおう》を突き殺すとは、まさに秩序を尊ばない反逆者だ。古《いにしえ》よりいう、『乱臣賊子《らんしんぞくし》、それぞれに罪を得て罰せらるる』と。どうして再度、上奏する必要があろうか？」

そして叫んだ。

「刀斧手《とうふしゅ》（首斬り役人）よ、早く斬ってしまえ！」

左右の者が答えていった。

「承知いたしました！」

彼らがまだいい終わらないうちに下の方で牛皐《ぎゅうこう》がすでに聞きつけ、満面を朱にそめてどなった。

「おい！　天下の英雄が受験に来ておいて、誰が功名《みょう》を願わないだろうか？　いま岳飛《がくひ》が堂々《どうどう》たる一騎打ちで梁王《りょうおう》に勝ったのに、合格できないどころか処刑されるなんて、そんな道理《どうり》がどこにある？　こうなったら先にこの不公正な試験官をぶっ殺して、あらためて皇帝に清算してもらう方がましだ！」

それにつづいて、満場の挙子たちがそれぞれの武器を振りかざし、大声をあげる。施全《しぜん》という名の挙子が、ひときわよく通る声で叫んだ。

「試験は公正におこなわれるべきだ。梁王《りょうおう》は堂々たる試合で敗れたのではないか。岳飛《がくひ》を処刑したりしたら、おれたちがだまっていないぞ！」

このひと声があがると、それに乗じて大旗が倒され、まるで天地が崩壊するかのようであった。宗沢《そうたく》は両手を放して叫んだ。

「張《ちょう》太師、お聞きになられましたか？　このような状況でなお張《ちょう》太師が岳飛《がくひ》を殺されるのなら、それもよいでしょう」

張邦昌《ちょうほうしょう》と王鐸《おうたく》、張俊《ちょうしゅん》の三人は、武装した挙子たちがいまにも暴動をおこしそうな光景を見て、どうしてよいかわからないほどうろたえた。彼らは宗沢《そうたく》の衣服をつかんでいった。

「留守《りゅうしゅ》閣下、われら四人は同じ船に乗り命をともにする者どうしだ。あなたの人望をもってこの場をおさめていただきたい」

宗沢《そうたく》は内心しめたと思った。

「では旗牌官《きはいかん》に伝えてくだされ。『挙子たちにうるさく騒ぐのをやめさせよ、国の法を犯す者があれば、ざっと私が処分を下してやろう』と」

旗牌官は命令に服し、声高らかに叫んだ。

「挙子たちよ聞け、留守閣下よりご命令が下った。お前たちがうるさく騒ぐのをやめさせよ、と。国の法を犯す者があれば、留守閣下が処分されるのを黙って聞け、と！」

群衆は宗沢《そうたく》から命令があったと聞き、ひとまず鎮《し》静《ず》まった。それでも興奮がおさまらず、その場にすわりこんで声高《こわだか》にしゃべりあっている。

すぐさま張邦昌《ちょうほうしょう》は宗沢《そうたく》に向かっていった。

「この件は今後どのように始末すればよいか、お教えいただけまいか？」

「ごらんください。人々はまだ納得しておらず、いつまた火がつくかわかりませんぞ。聖上《せいじょう》にこのことを申しあげていてはまにあいません。まずは岳飛《がくひ》を解放して、さしあたり目の前の危機を解決し、それから対策を考えるのが良いでしょう」

不本意だが、やむをえない。三人はそろって左右の者に命じた。

「しかたない、岳飛《がくひ》をほどいて放してやれ！」

左右の者はあわただしく岳飛《がくひ》を解放した。岳飛《がくひ》は生命を救われたが、試験官の前にいってねんごろに礼を述べることもせずに、武器をとり、馬に飛び乗って、門外へと飛ぶように走り出した。牛皐《ぎゅうこう》、湯《とう》懐《かい》、張顕《ちょうけん》の三人も、馬をとばして後にしたがう。王《おう》貴《き》はそれを外で見ていて、校場の門を切り開き、かくして五人の兄弟はそろって逃げ出した。

試験を受けに来ていた多くの挙子たちは、この光景を見て、「今年の武挙はもうおしまいだ」と口々に叫び、散《ち》り散《ぢ》りになってしまった。梁王《りょうおう》の家臣たちは、主君の死体を棺に収め、その後、試験官たちはそろって朝廷にはいり、徽《き》宗《そう》皇帝に事情を報告した。

さて朝廷の裁断がいかなるものになりますか、それは次回のお楽しみ。

第十三回　昭豊鎮《しようほうちん》にて王貴《おうき》病《やまい》に染《そま》り　牟駝岡《むだこう》にて宗沢《そうたく》営を踏《ふ》む

　岳飛《がくひ》ら兄弟五人は校場《こうじよう》の門から馬をとばして逃げ出した。留守府《りゆうしゆふ》の前までやって来ると、いっせいに馬をおりる。そして軍営の門に向かって涙を流し、四度拝《はい》してから起きあがり、門番に向かって告げた。

「留守閣下にご迷惑をおかけしまして、おわびしようもございません。どうかお伝えください、『われ岳飛《がくひ》は今世ではご恩に報いることができません、来世に生まれるのを待って犬馬《けんば》の労を尽くします』と」

　いい終わると、宿にもどってあわただしく荷物をまとめ、宿代を支払い、開封《かいほう》の城門を出て故郷への旅路をたどったのである。

　一方、試験官たちは、無人と化した校場から引きあげて皇宮《こうきゆう》にはいり、徽宗《きそう》皇帝に事情を報告した。代表者は張邦昌《ちようほうしよう》である。

「今回の武挙《ぶきよ》は、建国以来の大混乱でございました。宗沢《そうたく》の弟子である岳飛《がくひ》なる者、むざんにも梁《りよう》王《おう》を突き殺し、その後、逃亡。他の受験生も全員が四散《しさん》いたしましてございます」

すべての責任を宗沢《そうたく》ひとりに押しつけた。宗沢《そうたく》は頑固《がんこ》一徹《いってつ》、皇帝に対しても直言をはばからない人物である。朝廷も彼を敬遠《けいえん》してはいたが、宗沢《そうたく》自身の弁明もないまま罪を決めるわけにもいかず、ひとまず宗沢《そうたく》を免職《めんしょく》にして朝廷から追放することとした。

宗沢《そうたく》のほうは、留守府にもどって門衛の兵士から岳飛《がくひ》たちのことを聞き、何度となく溜息をついた。

「惜しむべし、惜しむべし！」

そして家将に命じた。

「早くわしの巻箱《かんそう》（貴重品を入れる箱）を持って、岳飛《がくひ》を追いかけるのだ。わしもすぐあとからいく」

「あの者どもはすでに遠くへと去っております。大《おお》老爺《との》にはどういうわけでわざわざ追いかけるとおっしゃるのですか？」

「昔、蕭何《しょうか》（漢代の名宰相）は逃亡した韓信《かんしん》（おなじく漢代の名将）を追いかけて、漢朝四百年の天下を成就《じょうじゅ》したのだ。思うに岳飛《がくひ》の才は、当時の韓信《かんしん》にも劣らない。ましてや国家が人材を登用する時、その棟梁《とうりょう》を欠くことはできぬ。だからわしは彼を追いかけ、今後のことを申しつけておかねばならぬのだ」

さて、岳飛《がくひ》たちは城門を出ると、笞《むち》を加えて馬を急行させていた。疾走《しっそう》する馬上で身体をゆらしながら、牛皐《ぎゅうこう》がどなった。

「ここまで来れば、もういそぐ必要はないだろう。すこし馬を休ませてやろうぜ！」

岳飛《がくひ》は馬をとめようとしない。

「兄弟、お前はわかっていない。先ほどあの奸臣《かんしん》どもがあえて簡単にわれらを解放したのは、不測《ふそく》の事態をおそれたためだ。校場《こうじょう》での混乱がおさまれば、あらためて兵を出し、われらを始末しようとするかもしれん。できるだけ都から離れておくんだ」

他の兄弟が口をそろえて賛同した。

「大哥《あにき》のいうとおりだ。速く走るのが一番だ」

一行は疾走をつづけた。まもなく、太陽が西に沈み、月が東に昇る。

月光の下をさらに進んでいると、にわかに後ろから馬のいななきと人の叫び声が風に乗って追いかけてきた。岳飛《がくひ》は兄弟たちを見まわした。

「どうする？　後ろの声はきっと梁王《りょうおう》の私兵《しへい》たちが追いついてきたのだ」

王貴《おうき》が大刀を振りあげた。

「大哥、逃げるのはもうやめよう。やつらが来るのを待ち、いっそのことすべて討《う》ちはたしてしまえばいい」

牛皐《ぎゅうこう》が大声で叫んだ。

「みんな、あわてるな。いっそ引き返して、都に突撃しようぜ。まず奸臣どもを殺して、朝廷をのっとってしまうんだ。岳《がく》大哥が皇帝になり、おれたち四人が全員大将軍となって、天下をおさめる。そのほうがよっぽど天下万民《ばんみん》のためだぜ」

岳飛《がくひ》は大いに怒ってしかりつけた。

「たわごとをいうな！　正気とも思えぬぞ。早々に口を閉じよ」

牛皐《ぎゅうこう》はむくれた。

「わかったよ、口を閉じてるさ。やつらの兵馬が追いつくのを待って、手も動かしやしない。首を長く伸ばして、やつらに斬《き》られるのを、おとなしく待っていればいいんだろ」

湯懐《とうかい》がたしなめた。

「牛《ぎゅう》兄弟、何をやけになっているのだ？　とりあえず馬をとめて、やつらが来るのを待とう。話しあってすむならそうするし、だめならそのとき戦って追いはらえばいい」

そこへ一頭の騎馬が飛ぶようにやって来て、騎手が大声で呼びかけた。

「岳《がく》どの、お待ちください、宗大老爺《そうおおとの》がまもなくこへいらっしゃいます！」

岳飛《がくひ》はおどろいた。

「それではつつしんでお待ちします。ですが、なぜわざわざ留守閣下が……？」

まもなく宗沢《そうたく》が従者を引きつれて追いついてきた。兄弟たちは馬からとびおり、馬前へ出迎え、両ひざをついて拝礼した。宗沢《そうたく》も急いで馬をおり、両手で助け起こす。岳飛《がくひ》は尋ねた。

「私ども閣下より救命《きゅうめい》のご恩をこうむりながら、まだそれに報いておりません。生命からがら逃げ出したので、直接お会いしてお別れを申しあげることもかないませんでした。わざわざおいでになって、どのようなおいいつけがあるのでしょうか？」

「お前たちの一件により、張《ちょう》太師たちの弾劾《だんがい》を受けてな。皇帝のご命令により、わしは朝廷から暇《いとま》を出されたのだ。だから特に会いに来たのだ」

兄弟たちは、面目《めんぼく》なさに顔をあげることもできない。宗沢《そうたく》が笑った。

「弟子たちよ、気にする必要はない。ただ朝廷からかさねての処分があるだろう。もし隠退《いんたい》することができるならば、わしはむしろ気楽で自由な生活をしたいものだ」

宗沢《そうたく》は家将をかえりみた。

「ここはなんという場所だろうか？　ひと晩の宿を借りたいが」

「前方半里のところに、諫議大夫《かんぎたいふ》（皇室顧問官）の李《り》大老爺《おおとの》の花園がございます、宿を借りることができましょう」

まもなく、花園に到着した。園公《えんこう》（支配人）が出てきて迎えた。宗沢《そうたく》が問いかける。

「わしらはみな空腹でな。ここでは用意してもらえるような酒と料理はあるかな？」

「ここをいくこと一里ほどの所が昭豊鎮《しょうほうちん》です。けっこう大きな城市《まち》で、酒も料理もととのいましょう」

宗沢《そうたく》はすぐに家将に命じ、銀子《ぎんす》を持たせて、町へ酒や料理を買いにいかせた。また従者に巻箱《かんそう》を持ってこさせると、それを岳飛《がくひ》に渡した。

「わしには財産とてないが、ひとそろえの甲冑《かっちゅう》がある、お前にこれを贈り、わしのささやかな気持ちを表したい」

岳飛《がくひ》は思わず大喜びし、頭を地面につけて礼を述べた。宗沢《そうたく》は兄弟五人を見わました。

「兄弟たちよ、いまのところは功名《こうみょう》は思いどおりにならないが、今後いくらでも機会があろう。ちょっとした蹉跌《きてつ》であきらめてはならぬぞ。いずれ、わしはかならずや朝廷に申しあげて、お前たちが重く用いられるようにできるだけ手助けしよう。そのときこそ魚が水を得るように、武芸も才能も活《い》かされるだろう。いまは『忠』の字を手にいれることはできないが、家にもどって父母によくつかえ、『孝』の字を尽くすことだ。お前たちはまだ若い。何年か不《ふ》遇《ぐう》だからといって、荒れてはいけない、一生の大事を誤るぞ」

兄弟たちは声をそろえて答えた。

「大老爺《おおとの》のこの教訓、われらかならずや努力いたします！」

ほどなく酒宴の席がととのえられ、座が六つ設けられた。宗沢《そうたく》が上席につき、従者が酒を注ぐ世話をする。王貴《おうき》と牛皐《ぎゅうこう》は下座にすわった。彼らは夜が明けてからこの時刻まで食事をしておらず、空腹で目がまわりそうだった。王貴《おうき》と牛皐《ぎゅうこう》は、岳飛《がくひ》たちが兵法や時勢について語りあっているのも聞かずに、ひたすら食べつづけ、飢えた狼か虎のように、骨ものこさず、きれいさっぱり食べてしまい、ようやく手を休めた。

そのあと王貴《おうき》は冷たい茶をたてつづけに五、六杯飲んで、満足そうに腹をさすった。

「やれやれ、やっと人心地《ひとごこち》がついた」

いつのまにか空は明るくなっている。宗沢《そうたく》はまた岳飛《がくひ》にいった。

「あの乗ってきた馬を一頭譲ろう。巻箱を運んでいくがよい」

岳飛《がくひ》はまた礼を述べ、路上で別れを告げて出発した。

岳飛《がくひ》たち五人は、進みながら、路上で宗沢《そうたく》の恩義について語りあった。

「ほんとうにありがたいことだ。我々のために、あの方は免職されてしまった。いったいいつの日にあの方に報いることができるだろうか？」

そのとき忽然《こつぜん》と王貴《おうき》が馬上でうなり声をあげ、馬から落ちた。見ると顔は土色になり、あごの付け根が固く閉じてしまっている。兄弟たちはおどろき、馬をとびおりて王貴《おうき》の身体をゆさぶったり声をかけたりしたが、まるで反応がない。

「王《おう》兄弟！　いったいどうしたのだ。早くもう一度目をさましてくれ！」

岳飛《がくひ》は何度も何度も叫んだが、まったく答えはなかった。涙もろい岳飛《がくひ》は泣き出した。

「まだ功名を成しとげずに、徒手《からて》で故郷に帰るとは何と不幸なことか。もし万一のことがあれば、お前の兄として帰って、どうして生きてお前のお父上お母上の前に出られるだろうか？」

他の兄弟たちも青ざめて声が出ない。牛皐《ぎゅうこう》がどなった。

「みんな泣くのはやめろ！　おれに考えがある。ただ泣きつづけていても、王《おう》兄弟は助からんぞ」

岳飛《がくひ》は泣くのをやめ、彼に尋ねた。

「どんな考えがあるのだ。早くいってくれ！」

「みんなは知らないだろうが、王《おう》兄弟はもともと病気などにかかっていなかった。思うに昨晩あれだけ食べて、何杯も冷たいお茶を飲んだものだから、腹が突っぱってきたんだ。おれが代わって診《み》てみよう」

牛皐《ぎゅうこう》が手を王貴《おうき》の腹の上に置き、強く揉《も》んでみると、王貴《おうき》の腹のあたりから雷鳴のような音が聞こえ、しばらくすると、突然大量の汚水《おすい》を吐き出した。王貴《おうき》はわずかに蘇生《そせい》したが、うめきが収まらない。岳飛《がくひ》がいった。

「しばらく休憩するしかないな。湯《とう》兄弟は先に昭豊鎮《しょうほうちん》へいってくれ。休む場所を手配し、何日か療養《りょうよう》することにしよう」

先行した湯懐《とうかい》は、やがてもどってきて、兄弟たちを一軒の客店へとみちびいた。方《ほう》という人物の経営する宿だった。

親切な主人が医者を呼んでくれた。医者がいうには、食べすぎで脾臓《ひぞう》を痛め、さらに寒気を感じたということで、寒気を散らして食べ物を消化させれば、二、三日で良くなるという診断である。さらに二服の煎《せん》じ薬をくれた。岳飛《がくひ》は礼を述べて治療費を支払い、医者は帰っていった。疲れの出た兄弟たちはやれやれという気分で休み、王貴《おうき》を療養させた。

さて、岳飛《がくひ》たちが姿を消し、宗沢《そうたく》が朝廷を追われて、開封《かいほう》の都は落ち着きをとりもどしたかというと、そうではなかった。

その年の秋、伏牛山《ふくぎゅうさん》に勢威をはる大盗賊・王善《おうぜん》なる者が兵をおこし、その数五万、開封《かいほう》めがけて進撃を開始したのだ。

王善《おうぜん》の大軍は数日のうちに南薫門《なんくんもん》の外までせまり、都を離れること五十里のところに陣をきずいた。急報を受けた徽宗《きそう》皇帝は急いで大殿《たいでん》にのぼり、群臣《ぐんしん》を集めて、勅諭《ちょくゆ》を下した。

「いま伏牛山《ふくぎゅうさん》の賊徒《ぞくと》が、兵を起こして朝廷を犯そうとしておる。そなたたち誰ぞ兵をひきいて賊を退《しりぞ》けてはくれぬか？」

群臣はたがいに顔を見合わせ、即座に応じるものはひとりもいない。徽宗《きそう》皇帝は失望し、張邦昌《ちょうほうしょう》に向かって歎いた。

「古《いにしえ》より申すではないか。『軍を千日養うは、一時に用いるため』と。そなたたちは国家の恩を何年も受けて、いま賊徒が都に近づいておるのに、ひとりとして策を立て兵を動かすものがおらぬとは。このままでは朕《ちん》は皇祖《こうそ》に顔向けできぬ」

と言葉が終わらないうちに、ひとりの諫議《かんぎ》大夫《たいふ》が進み出た。年ごろは三十代半ば、鋭気《えいき》にみちた雰囲気の少壮官僚である。

「臣李綱《しんりこう》、陛下に申しあげます。王善《おうぜん》は賊とはいえ勢力は強く、久しく反逆の心を抱いておりました。ただ宗沢《そうたく》のみを恐れておりまして、これまで反旗を掲げる勇気がなかったのです。いまもし賊軍を退かせたいのであれば、ふたたび宗沢《そうたく》を呼びもどして兵をひきいさせるべきと存じあげます。そうしてこそ国家の憂いがなくなりましょう」

徽宗《きそう》皇帝はそれを許した。ただちに宗沢《そうたく》を召喚し、兵をひきいて賊を退けさせるよう、李綱《りこう》に命じる。

李綱《りこう》は命を受けて朝廷を出発し、宗沢《そうたく》の邸宅に着いた。出迎えたのは息子の宗方《そうほう》である。李綱《りこう》は尋ねた。

「お父上はいずこにおられる？　勅命《ちょくめい》をお受けにならないのか？」

「父は病にかかり床に伏しております。勅命を受けることがかなわず、その罪は万死《ばんし》に値します！」

「や、それはそれは。お父上はどのような病に冒されたのですか？　今はいずこにおられるのですか？」

「校場を騒がせて以来、心痛のきわみ、怔忡之症《ノイローゼ》におかされてしまいました。いまは書斎で寝こんでおります」

書斎は一家の主の寝室をかねることが多い。

「そういうことであるなら、勅命を書き記そう。お手数だが私を書斎までご案内くだされ。お父上がいかがなものか、お見舞いさせていただきたいのだ」

「おそれいります、ではこちらへ」

息子の宗方《そうほう》は、李綱《りこう》を引きつれて書斎の入り口まで来た。すると中から苦しそうな老人の叫びが聞こえてきた。

「おのれ、奸賊《かんぞく》め！」

また苦しげな寝息を耳にして、李綱《りこう》はかるく首を振った。

「お起こしするのもお気の毒だ。私はもどってこの旨《むね》を聖上《せいじょう》にお伝えするとしよう」

李綱《りこう》は朝廷へともどり、平伏して徽宗《きそう》皇帝に報告した。

「宗沢《そうたく》は病気で、ご命令を受けることがかないませぬ」

徽宗《きそう》は不安そうに李綱《りこう》を見やった。

「宗沢《そうたく》はどんな病気なのじゃ。太医《たいい》（皇室の侍医）に治療させてもかまわぬぞ」

「宗沢《そうたく》の病は、医療では治りますまい。彼は夢の中で奸臣《かんしん》をののしっておりました。臣が思いますに、彼の病は、心の病を治す薬で治療するしかございませぬ。もし陛下が命を下して、奸臣を罰してくだされば、宗沢《そうたく》の病は、薬を要せずして治りましょう」

徽宗《きそう》は目をみはった。

「奸臣とはおだやかならぬ表現じゃが、いったい誰のことじゃ？」

李綱《りこう》が答えようとすると、張邦昌《ちょうほうしょう》があわただしく進み出、階《きざはし》の下に平伏して告げた。

「兵部尚書《へいぶしょうしょ》の王鐸《おうたく》、彼こそが奸臣でございます」

徽宗《きそう》皇帝はその言を受けいれた。ただちにその旨を伝えて王鐸《おうたく》を罰し、刑部《けいぶ》（司法省）に引き渡して監禁《かんきん》した。張邦昌《ちょうほうしょう》は李綱《りこう》が彼ら三人の名前を報告して、全員が罰せられるのを回避するため、王鐸《おうたく》ひとりに罪を着せたのだ。いま彼は李綱《りこう》の機先を制して、先に王鐸《おうたく》を朝廷の牢獄に入れてしまった。しかし機会を見つけて彼を救い出すことであろう。

李綱《りこう》は心の中で思った。

(この奸賊め、考えたな。まあよい、思うにやつもこの前の件を後悔しているのだろう。いまはふたたび宗沢《そうたく》を呼び出すほうが重要だ)

こうして結局、宗沢《そうたく》は病床を出て朝廷に復帰することになった。

朝廷は宗沢《そうたく》の職を元にもどし、軍隊をひきいて都を出て賊を退けるよう命令した。張邦昌《ちょうほうしょう》が奏上《そうじょう》した。

「王善《おうぜん》たちは烏合《うごう》の衆です。宗沢《そうたく》は当代の名将、兵は五千もあれば充分でございましょう」

徽宗《きそう》皇帝は、兵部に五千の兵を出させて宗沢《そうたく》にあずけ、すぐに賊を退けるよう命じた。宗沢《そうたく》が異議をとなえようとしたとき、皇帝はすでに御簾《みす》を巻き、朝廷を退いて後宮にもどってしまった。やむなく朝廷の門を出ると、宗沢《そうたく》は李綱《りこう》に向かって溜息《ためいき》をついた。

「わずか五千の兵では戦いようもない。まんまと張《ちょう》邦昌《ほうしょう》の奸賊めにしてやられましたわい」

「こうなってしまったからには、留守閣下はまず兵をひきいて進んでください。私が明日もう一度皇帝に申しあげて、援軍を送るようお願いしてみましょう」

翌日、宗沢《そうたく》は五千の兵をととのえ、息子の宗方《そうほう》をつれて都を出た。半日かけて牟駝岡《むだこう》に着き、賊軍が野を埋めているのを見て、心の中で思うところがあった。

命令を伝え、軍隊をすべて牟駝岡《むだこう》の上にあげて野営する。宗方《そうほう》が質《ただ》した。

「賊は大軍です。それにひきかえわが兵は少数、十分の一にしかなりませぬ。いま父上は全軍を岡《おか》の上に野営させましたが、もし賊軍が岡を包囲したら、どうやってかこみを解くのですか？」

宗沢《そうたく》はさびしく笑って答えた。

「息子よ、そなたの父が天の時・地の利を知らぬと思っておるのか？　わしは奸臣の謀略にはめられた。わずか五千の兵では四、五万の賊と戦いようもない。いまここに野営したのは、そなたにここをしっかり守ってもらうため、そしてわしが単身《たんしん》馬に乗って賊軍の陣営に突進するのを見とどけてもらうためだ。わしが敵中に死ぬのを確認したら、それにてお国の恩に報いたことにせよ。そなたは都へ兵をかえし、母と妻子を守って故郷へ帰るのだ。都に未練を持ってはならんぞ」

いいつけ終わると、単身、武装して馬に乗り、ひとりで王善《おうぜん》の陣に駆け入ろうとした。

宗沢《そうたく》は日頃から、将兵をいつくしむことで知られ、人望絶大だった。兵士たちは彼が単身賊軍の陣営を破ろうとするのを見てさわぎ出した。したがってきた士官たちが、老将の前に立ちふさがる。

「大老爺《おおとの》、どちらへいかれるのですか？　賊軍は数万、どうして単身で虎の穴に入ることができましょう。われら全員おともいたします。どうして大老爺おひとりにいかせる道理がありましょうか？」

宗沢《そうたく》は涙ぐんだ。

「よくいってくれた。だがのう、お前たちをつれていっても、どうせ多勢に無勢なのじゃ。わしひとりの生命を捨てて、お前たちを守るほうが良いではないか」

兵士たちは必死に引きとめたが、宗沢《そうたく》は彼らを振りきり、とうとうひとりで賊軍の陣前に馬を立てた。槍をかざし、たからかに呼ばわる。

「賊軍よ、私とやり合って死ぬか！　私を避けて生きるか！　宗《そう》留守が勅命によって汝らを破りに来たぞ！」

その姿を見た賊軍は、宗沢《そうたく》がまさか単騎で来たとは思わない。何か計略があるとうたがい、あわてて総帥の王善《おうぜん》に報告した。

「大王に申しあげます。いま宗沢《そうたく》が単身で陣前に立っておりますが、伏兵がいるかもしれません。どうかご裁可《さいか》を」

王善《おうぜん》はすぐさま全軍に命じた。

「すぐにお迎えしろ！　官軍がそれほど多勢とは思えぬ。生けどりにするのだ、殺してはならぬぞ！」

たちまち賊軍は陣から突出し、ただひとりの宗沢《そうたく》を包囲した。

はたして宗沢《そうたく》の運命やいかに？　それは次回のお楽しみ。

第十四回　岳飛《がくひ》　賊を破って恩人に報い
施全《しぜん》　径《みち》を翦《さえぎ》って良友に遇《あ》う

　宗沢《そうたく》がただひとり敵陣に向かい、重囲《じゅうい》におちいってあわや捕虜《ほりょ》となろうとしていたそのころ……。

　ここ昭豊鎮《しょうほうちん》では、王貴《おうき》が数日にわたって療養をつづけていたが、病状がすこしばかり良くなり、茶を飲みたがった。岳飛《がくひ》は、兄弟のなかでもっとも心くばりのできる人物を呼んだ。

「湯《とう》兄弟よ、主人に茶をいれてもらって王《おう》兄弟に飲ませてやってくれ」

　湯懐《とうかい》は承知して厨房《ちゅうぼう》まで足をはこび、何度も主人を呼んだが、誰も答えない。しかたなく炉のところまでいき、自分で湯をわかした。

　お湯がわくのを待って、お茶を一杯注いだ。ちょうど向きを変えようとすると、門を押す音が聞こえた。湯懐《とうかい》が振り返ったとき、宿の主人がふたりの給仕人をつれ、あわててはいってくるところであった。湯懐《とうかい》は声をかけた。

「お前さんたち、どこへいってたんだ。しばらく呼んでいたのに、ひとりの影も見えなかったぞ」

　宿の主人は、何やらあせりながら答えた。

「ちょうどお客さまにお知らせしようと思っていた

ところです。いま、伏牛山《ふくぎゅうさん》の大盗賊が兵を起こして都に攻めよせているそうで。すぐ近くにいるとのことですから、この村へも掠奪《りゃくだつ》にくるかもしれません。だから私どもは状況を聞きにいっておりました。もしも風向きが悪ければ、私どもこの村の住人は、どこかへ避難しなければなりません。お客さまも荷物をまとめて、早々にお宅にお帰りになるのが良いでしょう」

「そのようなことであったのか。かまわない、そんなやつらはもし我々がここにいることを知ったら、やって来る勇気などないさ。それどころか、逆に貢《みつ》ぎ物を持ってきて、旅の費用を我々に贈ってくるだろう」

宿の給仕人が口をとがらせた。

「お若い方、これは冗談ごとじゃすみませんぞ。悪いことは申しません、さっさとお逃げなされ」

湯懐《とうかい》は笑って、お茶を持って二階へあがり、王貴《おうき》に渡して飲ませた。

岳飛《がくひ》が湯懐《とうかい》に尋ねた。

「湯《とう》兄弟、お茶を取りにいったにしては、どうしてこんなに時間がかかったのだ？　王《おう》兄弟が飲むのを待たされて、うるさかったぞ」

湯懐《とうかい》が事情を話したので、岳飛《がくひ》はすぐに宿の主人を呼び入れて尋ねた。

「先ほどの話はほんとうのことか？　悪い噂話《うわさばなし》ではないのか？」

「まったくほんとうの話です。朝廷はもう官軍を遣《つか》わして討伐《とうばつ》にいきましたよ」

「そうか、それではすまないが、我々に早く飯を作ってくれ」

宿の主人は、彼らが食事をすませて逃げ出したいのだと思い、飛ぶように外へ出て食事を作りはじめた。

さて岳飛《がくひ》は兄弟たちに向かっていった。

「私が思うに朝廷から軍隊をひきいているのは、きっと恩師の宗《そう》閣下だ」

湯懐《とうかい》が問う。

「大哥《あにき》はどうしてわかるんだ？」

「朝廷の大官たちといえば、生を貪《むさぼ》り死を恐れるやつらばかりだ。軍をひきいて賊と戦おうとする者などいやしない。ただ宗《そう》閣下だけが忠実に国のことを思っているのだ。牛《ぎゅう》兄弟はここに留《とど》まって王《おう》兄弟に付きそってくれ。私は他のふたりの兄弟といっしょに、いって探りを入れてくる。もし宗《そう》閣下であれば、力をお貸ししたい。もしそうでなければ、もどって来るとしても遅くはない」

湯懐《とうかい》と張顕《ちょうけん》のふたりはそれを聞いてはりきった。

牛皐《ぎゅうこう》のほうは頰をふくらませた。

「王《おう》兄弟の病気はとうに良くなっている、おれがここに残って何をするというんだ？」

「良くなったといっても、ひとりでここに置いておくことはできない。ここはひとつ、るすばんをたのむ」

牛皐《ぎゅうこう》はまだ不満だったが、王貴《おうき》が横になったままふとんのなかから手をのばして、こっそりと牛皐《ぎゅうこう》の足をつねった。牛皐《ぎゅうこう》は顔をしかめた。

「わかった、待ってるから早く帰ってきてくれ」

そこへ、宿の給仕人が食事を運んできた。王貴《おうき》は病人だからもともと食べず、牛皐《ぎゅうこう》は意固地《いこじ》になって食べなかった。他の三人は食べ終わるとそれぞれ身《み》支度《じたく》をし、武器を持つと馬に乗って駆け去った。馬《ば》蹄《てい》の音が遠ざかるのを聞きながら、牛皐《ぎゅうこう》は病人に尋ねた。

「おい、さっきおれをつねったのは、何のまねだ？」

王貴《おうき》がうなり声をあげた。

「このばか者が！　岳《がく》大哥がいくなといった以上、さからってもむだだ。だいたい、どうしておれが病気になったかわかってるのか?」

「わからないよ」

「それじゃ話してやる。あの日、校場《こうじょう》で、おれは梁《りょう》王《おう》や、奸臣《かんしん》どもの私兵を十人ぐらいはたたき斬《き》ってやるつもりだった。それがひとりも殺すことができなかったから、病気になってしまったのだ。いいか、いま伏牛山《ふくぎゅうさん》の強盗どもと戦えば、たたき斬るべき敵がいくらでも出てきてくれる。お前をつねったのは、こっそりおれとお前が後から追いかけて、あの三人に見つからないようにして、思いきり暴れまわるためさ。そうすりゃ病気の後にたっぷり滋養強壮剤を飲んだことになり、自然と全快するのだ。で、どうする。おれといっしょにいくか、やめておくか?」

牛皐《ぎゅうこう》は飛びあがって拍手した。

「もちろんいくとも!」

そこでふたりは食事をすませ、あわただしく武装した。そして宿の主人に荷物をあずかってくれるよう頼んだ。

「賊軍をやっつけたらすぐにもどる」

ふたりは門を出て馬に乗り、暴風のようないきおいで駆け出した。

さて岳飛《がくひ》たち三人は、先に牟駝岡《むだこう》に着いていた。すでに日没が近い。官軍の陣営を見やると、やはり宗沢《そうたく》の軍旗であった。岳飛《がくひ》が大声で叫んだ。

「なんと! 宗《そう》閣下は兵法に精通しておられるのに、どうして岡の上に野営しているのだ? これは不吉の兆候だ。いそごう」

三人は馬で岡を駆けあがった。その姿に宗方《そうほう》が気づき、すぐ出迎え、陣中に招き入れた。挨拶《あいさつ》もそこそこに、岳飛《がくひ》は尋ねた。

「お父上は天下の名将で、兵法にも精通しておられるのに、どうして山上に野営なさるのですか? もし賊軍に囲まれて水や食糧の道を断たれたら、どうしようもありますまい」

宗方《そうほう》は涙を両頬に流して、事情を説明した。

「奸臣どもは賊の手を借りて、父を殺害するつもりなのだ。父はすべて承知の上で、兵をここに駐屯《ちゅうとん》させ、ただ一騎すでに敵の陣に突入していったのだ」

岳飛《がくひ》は決然と眉をあげた。

「こうなったからには、早くお迎えにいくべきです！　われらが敵陣に突入し、お父上をお救いしてまいりましょう」

そしてふたりの義兄弟に指示した。

「湯《とう》兄弟は左側から突入し、張《ちょう》兄弟は右側から突入し、私は中央から突入する。もし誰かが先に宗《そう》閣下に会えれば、成功だ」

湯懐《とうかい》は敵陣を指さした。

「大哥らしくもない。見ろよ、賊は大軍だ。やみくもに突入せず、作戦を練るべきじゃないか？」

「いや、今回われらはただ首領の首を取り、恩師を救い出して、これまでのご恩に報いさえすればいいのだ。作戦をどうこういうときではない」

ふたりはうなずいた。

「大哥のいうとおりだ」

三人は勇気を奮い起こし、馬腹を蹴《け》って岡を駆けくだった。湯懐《とうかい》は爛銀槍《らんぎんそう》をひらめかせ、左側から賊軍のなかに突入し、かたはしから突き伏せる。思いもかけぬ方角からの攻撃に、賊軍は乱れたった。張《ちょう》顕《けん》も手中の鉤鏈槍《こうれんそう》をかざして、右側から突入し、あたるをさいわいなぎたおす。賊軍は、まさか二、三騎が突入してきたとは思わず、混乱のきわみとなった。岳飛《がくひ》もまた、手にした瀝泉槍《れきせんそう》を振りまわして敵中に躍りこみ、大声で叫んだ。

「賊ども、見よ、岳飛《がくひ》がやってきたぞ！」

宗沢《そうたく》は賊軍によって中央に囲まれ、槍をふるって奮戦していたが、何分にも老齢である。息が乱れ、腕があがらない。ふとある賊兵が叫ぶのが聞こえた。

「宗沢《そうたく》、われらは大王より命を受けている、お前を降伏《こうふく》させるようにとな。早く馬をおりろ、生命だけは助けてやるぞ！」

まさに差し迫ったとき、猛々《たけだけ》しい声が叫ぶのが聞こえた。

「梁王《りようおう》を突き殺した岳飛《がくひ》がここにいるぞ！　出あえ出あえ」

宗沢《そうたく》はおどろいた。

「岳飛《がくひ》が来てくれたと？　よもや夢ではあるまいな」

そう疑っているところに、悲鳴と血煙があがり、賊兵の包囲の環《わ》がくずれた。

見あやまりようがない。岳飛《がくひ》が目の前でつぎつぎと賊兵を血まつりにあげている。宗沢《そうたく》は大喜びで高らかに叫んだ。

「鵬挙《ほうきよ》よ、わしはここだ。よう来てくれた」

岳飛《がくひ》は前に進み出て叫んだ。

「恩師、私のまいるのが遅くなりましたこと、お許しください！」

言葉が終わらないうちに、湯懐《とうかい》が左側から突っこんで来、張顕《ちようけん》が右側から突進してきた。岳飛《がくひ》は叫んだ。

「兄弟たち、宗《そう》留守はここにおられる、力をあわせて脱出しよう」

四騎は一団となって、右に左に賊兵を斃《たお》し、まるで猛虎が羊群《ようぐん》を蹴散らすかのようであった。

このとき牛皐《ぎゆうこう》と王貴《おうき》が戦場に駆けつけた。賊軍が三人にかたづけられてしまっていることを恐れていたのだが、まだ戦いは終わっていない。ふたりは心から喜んでいった。

「まだいる、まだいる！」

王貴《おうき》がどなった。

「牛《ぎゆう》兄弟、ちょっと待て。まずおれが健康体だってことを証明するから」

「王《おう》兄弟、お前さんは病みあがりだ。おれに先に体を温めさせてくれ」

牛皐《ぎゅうこう》が黒色の馬を駆り、双鉄鐗《そうてつかん》を舞わせている姿は、玄壇《げんだん》（道教の神・趙公明《ちょうこうめい》。黒い虎に乗っている）の再来のようだ。また王貴《おうき》は赤色の馬に乗り、大刀を振りかざして、若いころの関羽《かんう》が天界からおりてきたようであった。ならんで陣営に突入する。彼らの手が動くたびに、血煙があがり、賊兵たちの首が宙に飛んだ。

「大王に申しあげます、いけません！　前から突っこんできた三人だけでも手に負《お》えないのに、こんどは背後から、赤馬の男と黒馬の男が突進してきて、おそろしい強さです、どうすべきか、ご命令を」

悲鳴まじりの報告をきいて、王善《おうぜん》は激しく怒った。

「馬を用意しろ！　おれが自分でかたづけてくれる」

王善《おうぜん》は馬にとび乗り、大刀を持って乱戦のただなかに駆けこんだ。賊軍が叫んだ。

「大王がやってきたぞ！」

王貴《おうき》はそれを見て、不敵に笑った。

「これはいい！　大哥がいつもいっている。『人を射るにはまず馬を射、賊を捕らえるにはその頭を捕らえよ』とな」

馬をおどらせ、まっすぐ王善《おうぜん》へと走りよる。牛《ぎゅう》皐《こう》が咆《ほ》えた。

「王《おう》兄弟、手を出すな。そいつは、おれにやらせろ！」

その声はさながら雷鳴がとどろくようであった。

王善《おうぜん》はひるみ、手中の大刀も勢いなく、たちまち王《おう》貴《き》の一撃を浴び、肩から背中まで斬りさげられて馬上から転落した。

王貴《おうき》は馬をとびおり、王善《おうぜん》の首をとって、腰にひっかけた。また王善《おうぜん》の大刀を見て、たいそう気に入ったので、血のりで斬れなくなった自分の刀を捨ててその大刀を取り、ふたたび馬にとび乗る。牛皐《ぎゅうこう》はそれを見て、舌打ちした。

「ちぇっ、先をこされたか。まあいい、おれもこんなやつを捜して殺せば、それでこそ力が出るというもんだ」

気をとりなおした牛皐《ぎゅうこう》は、双鉄鐗を舞わせ、出会う者をことごとく馬上からたたきおとしていく。そこを岳飛《がくひ》に見つかった。岳飛《がくひ》は心の中で考えた。

（まさか牛皐《ぎゅうこう》のやつ、王貴《おうき》をほったらかしにしてきたのではあるまいな？）

前に進もうとすると、にわかに王貴《おうき》が人の首を引っさげてくる。その斜め横から賊将の鄧成《とうせい》という者が追いかけてきた。そこにちょうど岳飛《がくひ》の馬が到着し、槍をひと突き、鄧成《とうせい》は身をひるがえして落馬し、もはや二度と起きあがらない。

ほとんど同時に牛皐《ぎゅうこう》は左の鐗のひと振りで、賊将・田奇《でんき》の頭蓋骨を粉砕していた。

賊軍は首領や幹部がことごとく討《う》ちとられたのを見て、絶望の叫びをあげ、総くずれとなって逃げ出していった。

山上の宗方《そうほう》は、賊営が混乱しているのを見て、兵をひきいて突進し、ただちに賊の陣を無差別に攻撃した。賊軍は降伏する者一万余人、死者は数えきれないほどであった。逃げのびた者は一万人といなかった。

宗沢《そうたく》は銅鑼《どら》を鳴らして官軍を撤収《てっしゅう》し、放置された旗や衣服を回収させ、押収《おうしゅう》した武器や食糧はかぞえきれなかった。また王善《おうぜん》の陣中の文書を押収してみると、意外なことが判明した。先日、岳飛《がくひ》に討ちとられた梁王《りょうおう》・柴桂《さいけい》とかわした密書があったのだ。

宗沢《そうたく》は見ておどろいた。柴桂《さいけい》は王善《おうぜん》から援助を受け、軍部で栄達して大部隊の指揮権をにぎった後、王善《おうぜん》を引きこんで軍部を壟断《ろうだん》しようとしていたのである。王善《おうぜん》がにわかに兵をおこしたのは、梁王《りようおう》が死んで、密約が水泡に帰《き》したためであったのだ。

翌日になって、宗沢《そうたく》は岳飛《がくひ》ら五人の兄弟をともない、いったん開封《かいほう》にもどった。宗沢《そうたく》は入朝《にゆうちよう》し、平伏して徽宗《きそう》皇帝に報告した。

「臣宗沢《しんそうたく》、勅命《ちよくめい》により賊軍をしりぞけようとしましたが、賊軍に囲まれ、脱出することがかないませんでした。さいわいにも湯陰県《とういんけん》の岳飛《がくひ》たち五人の兄弟が、何重もの包囲を突き破り、臣の生命を救ってくれました。また首領の王善《おうぜん》を倒し、さらに梁王《りようおう》・柴《さい》桂《けい》の密書を入手し、みな一級の功績がございます。なにとぞ彼らに良きはからいを願いたてまつります」

徽宗《きそう》はそれを聞いて大いに喜び、五人に謁見《えつけん》を許すと伝えた。宗沢《そうたく》に呼ばれて岳飛《がくひ》たち五人も宮殿にあがり、生まれてはじめて皇帝に謁見した。

五人は平身低頭し、万歳を三唱し終わった。徽宗《きそう》は、かたわらに立つ張邦昌《ちようほうしよう》に尋ねた。

「岳飛《がくひ》たち五人は、このように功績があった。どのような職を授《さず》けるべきか?」

張邦昌《ちようほうしよう》は表情を消して奉答《ほうとう》した。

「賊軍を破ったことにつきましては、高い官位を授けなければなりません。しかしこの者たちは校場での罪がありますゆえ、このたびの功で罪を償《つぐな》うべきかと存じます。今回は承信郎《しようしんろう》の職を授け、後日ふたたび功労がありましたら、あらためて昇進させてはいかがでございましょう」

徽宗《きそう》はその意見を受けいれた。その旨《むね》を伝えたので、岳飛《がくひ》たちは謝して退出した。

宗沢《そうたく》は内心なげきかつ怒った。

(ああ、朝廷は人材を遇する道を知らぬ。これでは人心をうしなうばかりだ)

この承信郎とは、せいぜい五十人ていどの兵士を指揮する地位にすぎない。宗沢《そうたく》は怒ったが、皇帝は奸臣の言葉を受けいれて、すでに決定を下し、もはやどうしようもない。宗沢《そうたく》が失望をかかえて邸宅に帰ると、先に退出した岳飛《がくひ》たちがそろって門の前で待ち受けていた。宗沢《そうたく》は彼らを邸内に招いて頭をさげた。

「わしはお前たちを陛下に推薦《すいせん》し、重く用いていただこうと思っていたが、力およばなかった。お前たちにふさわしい地位をあたえてやることができず、面目《めんぼく》ないが、お前たちにはしばらく故郷に帰ってもらい、時節を待ってもらうのが良いであろう。非力を痛感しておる。ただただ赤面するばかりだ」

岳飛《がくひ》は感動した。

「閣下のご恩、私たちは生涯忘れません。いまはお言葉を受け、ここでお別れします」

宗沢《そうたく》はもう数日、岳飛《がくひ》たちを滞在させたかったが、奸臣が政権を握っているために、もし彼らを都に留めておけば、また別に災いが生じる可能性がある。くれぐれも体を大事にといいおいて、門から送り出した。

岳飛《がくひ》たち五人の兄弟は、宗沢《そうたく》と別れて、いったん昭豊鎮《しょうほうちん》へともどった。宿の主人に別れを告げて支払いをすませ、一路、故郷の湯陰県《とういんけん》へと向かう。

五人は、朝廷がすっかり腐敗《ふはい》し、人心をうしないつつあることについて、馬上で語りあった。牛皐《ぎゅうこう》があたりはばからず大声を出す。

「まあいいさ、爽快《そうかい》に殺してやったぞ！　いつかはあの朝廷の奸臣どもも、あんなふうに殺してやればいいんだ！」

またかとばかり、岳飛《がくひ》がしかりつけた。

「ばかも休み休みいえ！」

すると王貴《おうき》が口をはさんだ。

「もし大哥がいなければ、おれたちが朝廷に乗りこみ、張邦昌《ちょうほうしょう》なんか首根っ子を押さえつけ、一発頭にくらわせて殺してやる！　朝廷の大官どもなんて、宗《そう》閣下おひとりのこしておけばたくさんだ」

湯懐《とうかい》がたしなめた。

「このがさつ者めが！　朝廷の大官を殺したりしたら反逆罪だ。宗《そう》閣下まで巻きぞえにすることになるぞ」

さて五人が語りあっていると、道は静かで、ふと見ると前には旅人の一団がおり、およそ十数人、何かにおびえたようすでやってくる。五人が馬上で話し笑いながら道を来るのを見て、その中のひとりが声をかけた。

「お若い方々、これから先は進めない。早く別の道へいきなさいよ」

いいながら、去っていこうとする。張顕《ちょうけん》は馬をとばし、追いかけて尋ねた。

「教えてくれ、どうしてこの道は進めないんだ？」

「この先の紅羅山《こうらさん》の麓《ふもと》には、強盗が道をふさいでいる。荷物を奪《うば》われてはかなわないから、引き返してきたところさ。親切で教えてやってるんだから、すなおに聞いたらどうかね」

「何だ、そんなことか、わかった、ありがとよ」

張顕《ちょうけん》はもどってきて兄弟たちに報告した。

「前にはこそ泥がいるそうだが、どうせたいしたことはないさ」

牛皐《ぎゅうこう》は大喜びで手をたたいた。

「愉快だ！　愉快だ！　またいい商売がやってきたぞ！」

岳飛《がくひ》があきれたように兄弟たちを見る。

「そんなに喜ぶな。それでも注意するほうがいい。湯《とう》兄弟、先に進んで探りをいれてくれ、私たちは後からついていく」

「こころえました」

湯懐《とうかい》は馬を先にすすめ、森の深い山の麓《ふもと》に着いた。前方の道路にひとりの男がおり、赤い馬に乗り、手には大刀を持っている。岳飛《がくひ》たちと年齢はかわらない。少年といってもいいほど若い男だ。その男は湯懐《とうかい》の前に馬をおどらせて叫んだ。

「待て、通行料を払ってもらおう！」

湯懐《とうかい》は笑った。

「通行料がいる？　払ってやってもいいが、ひとつ条件があるな」

「どんな条件だ？」

「簡単さ。戦って、おれより強いことを証明するだけでいい。それとも不可能か？」

「こいつ、なまいきな」

その男は大いに怒り、大刀をきらめかせ、湯懐《とうかい》めがけて斬りつけてきた。湯懐《とうかい》は槍をひと振りして、刀を横に払い、気をこめて突きこんだ。その男は馬上で体をかわすと、刀を返してふたたび斬りつける。刀が来れば槍で受け、槍が来れば刀で迎え、三十余合におよんだが、たがいにいい腕で、優劣《ゆうれつ》がなかった。

ちょうどそこへ岳飛《がくひ》たち四人が、いっせいに駆けつけた。湯懐《とうかい》がその男と決着がつかないでいるのを見て、張顕《ちょうけん》は鉤鎌槍をひと振りし、一喝《いっかつ》した。

「おれも来たぞ！」

いい終わらないうちに、山の上から三騎の若い男が駆けおりてきた。ひとりは赤い長衣に、金の鎧《よろい》、手には鋼《はがね》の槍を持ち、馬を打って山をおり、張顕《ちょうけん》めがけて駆けよる。ふたりめは体中が金色の装飾であった。淡い黄色の馬に乗り、手には三つ叉の「托天《たくてん》叉《さ》」を持ち、王貴《おうき》におそいかかる。三人めはたけだけしい顔つきで、青いたてがみの馬にまたがり、手には狼牙棒《ろうがぼう》（いくつもトゲのついた太い鉄棒）をかざし、牛皐《ぎゅうこう》におどりかかる。こうして四組にわかれ、激闘をくりひろげたが、すぐには勝負がつかない。岳飛《がくひ》は考えた。

（いったいこの山にはどれほど強い賊がいるのだ？

あの四人がそれぞれ戦っているのを見るに、ほとんど優劣がない。私がいってカタをつけるしかないな)

雪のように白い愛馬のたてがみをはたいて、前に進もうとしていると、五人めの若い男が純銀の兜《かぶと》をかぶり、白い鎧を身にまとい、白い馬に乗って躍り出た。手には画桿爛銀戟《がかんらんぎんげき》を持っている。

「おれが相手だ!」

ためらいもなく、岳飛《がくひ》に向かって戟《げき》をあげ、猛然と突きこんできた。岳飛《がくひ》は槍を舞わしてむかえうつ。二十合ほどはげしく火花を散らしたが、その男は馬腹を蹴り、輪の中を飛び出して、叫んだ。

「ちょっと待て、聞きたいことがある!」

「いってみろ」

岳飛《がくひ》は槍をおさめて答えた。

「お前のその顔には見おぼえがある、どこで会ったろうか? すぐには思い出せない、お前の姓名はなんというのだ? どこから来たのだ?」

「われらは湯陰県《とういんけん》の挙子《きょし》、わが姓名は岳飛《がくひ》という。残念ながら武挙に合格せず、故郷に帰るところだ。お前たちのような強盗に知り合いはないぞ」

その男は目をみはり、せきこむようにたずねた。

「岳飛《がくひ》というと、梁王《りょうおう》を殺した岳飛《がくひ》か? 先だって開封《かいほう》の校場で大さわぎをおこしたあの岳飛《がくひ》?」

「いかにも」

岳飛《がくひ》が答えると、その男は馬からとびおり、戟を地に置くと、深々と礼をした。

「甲冑《かっちゅう》を着ていたので、すぐにはわからなかったが、なんと失礼なことをしてしまった!」

岳飛《がくひ》もまた馬をおりて、男を助け起こした。

「好漢よ、どうぞ起きなさい、どうして私をご存じなのか?」

「まずはあの兄弟たちを呼んできてから、お話ししましょう」

男は振り向くと、大きく両手を振った。

「兄弟たちよ、戦うのをやめろ！」

他の四組はまさに戦いたけなわというところだったが、その男が叫んだのを仲間たちが聞いて、いっせいに武器をおさめた。

「いったいどうしたんだ、施《し》兄弟？」

その男は岳飛《がくひ》を指さしながら声をはりあげた。

「この方こそ、開封《かいほう》の演武場で梁王《りょうおう》を討ちはたした岳鵬挙《がくほうきょ》どのだ！」

四人はそれを聞くと、おどろきの声をあげて馬をおり、岳飛《がくひ》に礼をした。岳飛《がくひ》もまた湯懐《とうかい》ら兄弟たちを呼び、礼を返した。そして戟を使っていた例の男に尋ねた。

「さあ、事情を聞かせてくれ」

男はていねいに答えた。

「私は姓は施《し》、名は全《ぜん》。こちらの刀を使う者は、趙《ちょう》雲《うん》と申します、あの槍を使う者は、周青《しゅうせい》といいます。叉を使う者は、梁興《りょうこう》といい、狼牙棒を使う者は、吉青《きっせい》と申します。私たち五人は兄弟の義を結んでおります。じつは先日の武挙を受験したのですが、梁王《りょうおう》の死であのような結末となりました。私たちは故郷にもどろうとしたのですが、出世をちかって故郷をすててきたので、手ぶらでは帰りにくく、あてもない旅を二、三日つづけて紅羅山《こうらさん》の麓《ふもと》に着いたとき、山賊におそわれました。逆にやつらを討ちはたして、手下どもは去る者は去らせ、とどまる者はとどまらせ、ここを根拠地として再出発しようとしていたところ、岳《がく》どのご一同にお会いできたのです。思いもよらぬことでしたが、先ほどの失礼、忘れていただければさいわいです」

「やあ、あなたがたも武挙の受験生だったのか」

岳飛《がくひ》は大いに喜んだ。施全《しぜん》たちは校場で遠くから岳飛《がくひ》たちを見ただけなので、最初はよく顔がわからなかったのだ。

施全《しぜん》たちは岳飛《がくひ》たちを山に招待し、正式の儀礼をすませて義兄弟の盟を結んだ。

三日ほどたつと、岳飛《がくひ》たちは湯陰《とういん》のわが家へと帰っていった。施全《しぜん》たちは後日の再会を約して彼らを見送った。このとき岳飛《がくひ》は、後日の「岳家軍《がくかぐん》」の幹部となる人材を、一度に五人も手にいれたのである。

さて、岳飛《がくひ》たちが開封《かいほう》を去った後、北方に空前の脅威《きょうい》が生じ、やがては国をゆるがし、中原《ちゅうげん》は血と炎にみたされることになる。それは次回に。

第十五回　金兀朮《きんのウジュ》　兵を興《おこ》して入寇《にゆうこう》し
陸子敬《りくしけい》　計を設けて敵を御《ふせ》ぐ

　さて、これより岳飛《がくひ》は八年にわたって故郷で雌伏《しふく》の日々を送ることになる。だが時代は動き、世は泰《たい》平《へい》から乱世へ急激にうつろおうとしていた。物語はしばらく岳飛《がくひ》や兄弟たちを離れ、宋《そう》王朝の運命をつづっていくことになる。

　そもそも宋が趙匡胤《ちょうきょういん》によって建国されたとき、北方の強敵といえば、契丹《きったん》族の遼《りょう》国であった。宋《そう》の第二代皇帝である太宗《たいそう》は、親征《しんせい》して遼と戦ったが、高梁河《こうりょうが》の戦場で大敗し、あやうく生命をうしなうところだった。その後、第三代皇帝の真宗《しんそう》が、歴史に名高い「澶淵《せんえん》の盟」をむすび、北方国境を安定させたのである。

　以後、宋は歴代の天子のもとで平和と繁栄を謳歌《おうか》し、それは百年以上つづいた。第八代の皇帝が徽宗《きそう》で、彼が即位して三年後に岳飛《がくひ》が生まれたことになる。だから徽宗《きそう》の治世と、岳飛《がくひ》の前半生とは、ほぼ完全にかさなるわけである。

　徽宗《きそう》は道教に耽溺《たんでき》したので「道君《どうくん》皇帝」とよばれ、また文化と芸術と美女を愛好したので「風流天子《ふうりゆうてんし》」とよばれた。絵画《かいが》や書や詩文にすばらしい才能をしめしたが、政治にはあまり関心がなく、権勢をふるったのは太師《たいし》の蔡京《さいけい》や宦官《かんがん》の童貫《どうかん》などだった。彼らが政治を私物化し、栄華《えいが》をきわめた時代のありさまは、『水滸伝《すいこでん》』にくわしく描かれている。彼らの前では張邦昌《ちょうほうしょう》などまだ吹けば飛ぶような小物にすぎなかった。

朝廷が乱脈《らんみゃく》で官の腐敗がすすんでも、宋の国富《こくふ》は底知れず、平和と繁栄は永遠につづくかと思われた。ところが北方の状勢が激変し、それにともなって宋《そう》の国運も危機をむかえることになる。

遼は万里の長城の北にひろがる広大な領土を支配していたが、宋から毎年、十万両の銀と二十万匹の絹がもたらされ、交易の利益もあがって、しだいに豊かになっていった。もともと素朴な騎馬遊牧国家であったのだが、ぜいたくな生活に慣れ親しむようになっていったのだ。宋の影響を受けて文化的に向上したのはいいが、軍隊は弱くなり、国政も乱れて、どんどん退廃《たいはい》していった。

遼の東方辺境に住む女真《じょしん》族は、長いあいだ圧迫に耐えてきた。毎年、砂金、毛皮、人参《にんじん》、海東青《かいとうせい》とよばれる狩猟用のはやぶさなど多くの貢《みつ》ぎ物を遼に献上させられ、自分たちは貧苦《ひんく》の生活を強《し》いられてきたのだ。女真族は、「その数、万に満たず。万に満つれば敵すべからず」といわれるほど勇猛の民であったが、いくつもの小さな部族にわかれており、一致して遼の圧迫に抵抗する力を持たなかった。

だが、状勢が一変した。女真族に一代の英傑《えいけつ》があらわれ、分裂していた諸部族を統合して遼にはむかいはじめたのである。

その人物の姓は完顔《ワンヤン》、名は阿骨打《アクダ》。

宋の年号でいえば政和《せいわ》三年(西暦一一一三年)、阿骨打《アクダ》は兄のあとをついで四十六歳で部族の長となり、翌年ついに遼に対して挙兵《きょへい》した。連戦して連勝をつづけ、政和五年(西暦一一一五年)にはついに皇帝の地位について国号を「金《きん》」とし、年号をたてて収国《しゅうこく》元年とした。その年のうちに、遼の天祚帝《てんそてい》みずからひきいる三十万の大軍を護歩答岡《ごほとうこう》の地で全滅させ、遼河《りょうが》より東の土地をことごとく金の領土とした。遼は広大な領土の東半分をうしない、急速におとろえていく。

阿骨打《アクダ》には有能な弟と息子たちがいた。彼らの名はつぎのとおりである。

弟は副帝・呉乞買《ウチマイ》
長男は大太子《だいたいし》・斡本《オベン》
次男は二太子・斡離不《オリブ》
三男は三太子・訛魯観《カルカン》
四男は四太子・兀朮《ウジュ》

さらに伯父《おじ》の孫として粘没喝《ネメガ》がいた。これらの血族が団結して阿骨打《アクダ》を助け、国家制度を中国式にととのえ、一日ごとに強大化していった。

北方で遼と金との大戦がくりかえされるなか、宋はまだ平和と繁栄の夢をむさぼっていた。異民族どうしの抗争など別世界のできごとでしかなかったのだが、政和八年あたりから事情が変わりはじめた。この年、新興の金が宋に使者を派遣してきたのである。

金の使者は遼東《りょうとう》半島から舟で海を渡って、山東《さんとう》半島に上陸した。金と宋との間には遼の領土があるから、陸上での往来は不可能なのであった。

宋の都である開封《かいほう》に着くと、金の使者は、ふたりの権臣《けんしん》に賄賂《わいろ》を贈った。太師の蔡京《さいけい》と宦官の童貫《どうかん》である。面会を許可されると、金の使者は熱心に彼らを説得した。

「百四十年前、貴国《きこく》は遼のために高梁河《こうりょうが》で敗戦し、燕雲《えんうん》十六州の地をうしないました。その後、和平したとはいえ、昔日《せきじつ》の怨《うら》みをお忘れではありますまい。いまわが国は新興《しんこう》ながら旭日《きょくじつ》のいきおい、遼は領土の半分をうしなって衰退の途上にあります。このさい貴国におすすめいたします。なにとぞわが国と盟約をむすび、左右より遼を挾撃《きょうげき》してこれを滅亡させせんことを。そうなればわが国も積年《せきねん》の怨みをはらすことがかない、貴国も燕雲《えんうん》十六州を奪回することができましょう」

蔡京《さいけい》と童貫《どうかん》は考えこんだが、相談の結果、その話に乗ることにした。遼との間には平和がつづいているが、現状維持のままでは功績をたてることはできない。遼をほろぼし、燕雲《えんうん》十六州を奪回することができれば、宋の建国以来、最大の功績となる。宋の歴代の名将、曹彬《そうひん》、楊継業《ようけいぎょう》、狄青《てきせい》などの誰にもできなかったことである。

蔡京《さいけい》と童貫《どうかん》が朝廷で金との同盟を提案すると、最初はげしい反対がおこった。

「たしかに遼には昔の怨みがある。だが和平をむすんですでに百二十年、たがいに盟約を守り、平和と信頼が確立されているではないか。金の甘言《かんげん》に乗って一方的に盟約を破ったりすれば、道義上も問題があるし、今後どのような展開になって本朝《わがくに》が災厄に巻きこまれるかわからぬ。やめたほうがよい」

それらの反対論を蔡京《さいけい》たちはしりぞけて、徽宗《きそう》皇帝に自分たちの意見を押しつけた。徽宗《きそう》は芸術家としては天才で、為人《ひととなり》も善良であったが、皇帝としては不定見《ふていけん》であった。蔡京《さいけい》たちの意見に、深く考えもせずにうなずき、「よきにはからえ」とあいなった。

こうして宋と金との間に、遼を挾撃してほろぼすための密約がむすばれた。これを「海上の盟」という。両国の使者が海上を舟で何度も往来したからである。

こうしてひそかに準備がととのい、宋の宣和《せんな》三年、金の天輔《てんぽ》五年（西暦一一二一年）、両国は大軍を発して、衰微《すいび》の遼に対し戦端を開いた。

「挾撃された。宋に裏切られた！」

遼は動揺したが、もはやどうしようもなく、東から攻めこむ金軍と南から進撃する宋軍とを、同時に迎えうつしかなかった。

大太子ら四人の若い皇子にひきいられた金軍は、まさに破竹《はちく》のいきおいで遼軍を蹴散《けち》らし、領土を占領していった。一方、童貫《どうかん》のひきいる二十万の宋軍は、国境を突破して遼の領土に侵入したものの、遼軍の必死の抵抗にあって敗北をかさね、いっこうに前進できなかった。

おとろえたとはいえ、遼軍はまだ強かった。というより、童貫《どうかん》のひきいる宋軍が弱すぎたのである。宋軍は弱いだけでなく、軍紀も乱れており、兵士たちは遼の庶民の家を焼き、火田《はたけ》を荒らし、掠奪《りゃくだつ》をくりかえして憎悪の的となった。

宋軍がまるで頼りにならないので、金軍は独力《どくりょく》で勝利をかさねていった。翌年になると太祖《たいそ》皇帝・阿《ア》骨打《クダ》みずから軍をひきいて大攻勢をかけ、遼の最後の拠点であった燕京《えんけい》（後世の北京《ペキン》）を陥落《かんらく》させた。遼の天祚帝《てんそてい》はかろうじて逃亡したが、遼は事実上このとき滅亡した。

遼がほろびると、その領土を宋と金との間でどのように分割するか、協議がおこなわれた。「海上の盟」によれば、遼の領土のうち万里の長城より南の地域は宋の所有に帰《き》することになっていた。だが現実には、それらの地域を実力で占領したのは金軍である。

「あの地域はわが軍が血を流して手にいれたものでございます。何も無償《ただ》で宋にくれてやることはございますまい」

そういう声が多かったが、太祖皇帝・阿骨打《アクダ》は、

「約束は約束だ。守らなくてはならぬ」

といって、六つの州を宋にゆずりわたしたのだった。もっとも、その土地の住民、家畜、糧食、財貨はすべて戦利品として持ち去ってしまったが。

こうして童貫《どうかん》は一度も勝てなかったくせに、六つの州を手にいれて開封《かいほう》に凱旋《がいせん》してきたのである。彼は得意満面《とくいまんめん》で徽宗《きそう》皇帝に「大勝利」を報告し、何も知らない、知ろうともしない徽宗《きそう》は、大よろこびで彼をほめたたえた。

これで満足すればよかったのかもしれないが、蔡《さい》京《けい》と童貫《どうかん》はひそかに語りあった。

「燕雲《えんうん》十六州のうち本朝の手にもどったのは六州だけ。のこり十州は金の領土になってしまった。これはおもしろくない」

「それに、太師さま、ちと金は強くなりすぎました。遼をほろぼしても、金がそれに代わっただけとあっては、あいかわらず北方の脅威がつづくことになりますな」

「何とかして金の勢力を弱めなくてはならぬが、金軍はあの強さ。戦って勝つのはむずかしい。さて、どうするか」

「遼《りょう》はまだ完全にほろびたわけではございませぬ。遼主《しゅ》（天祚帝《てんそてい》）はまだ逃亡中で、各地の残党が金軍に抵抗しております。こやつらをけしかけて金と戦わせてはいかが？」

「なるほど。いい考えだ。だが、いますぐは実行できぬ。すこし時を待とう」

ほどなく時がおとずれた。宋の宣和五年（西暦一一二三年）、金の太祖皇帝・阿骨打《アクダ》が五十六歳で死去したのだ。当然、誰をつぎの皇帝とするかが問題となった。阿骨打《アクダ》の長男、大太子・斡本《オベン》は漢名を宗《そう》幹《かん》といい、賢明で文武両面に功績もあったが、

「いまは国にとってたいせつな時期で、帝位をめぐって一族でもめている場合ではない。自分はまだ若すぎる。帝位はどうか叔叔《おじうえ》に」

と語り、父の弟である呉乞買《ウチマイ》を推《お》して身を引いた。

こうして呉乞買《ウチマイ》が即位する。これが金の太宗《たいそう》皇帝

で、このとき四十九歳であった。改元して、天会《てんかい》元年とした。彼は亡兄阿骨打《アクダ》の息子たちを重用してさらに国家制度をととのえ、何倍にもなった領土の支配をかためるとともに、逃亡をつづける天祚帝《てんそてい》をとらえて遼を完全にほろぼそうとした。

そのことを知った宋では、蔡京《さいけい》と童貫《どうかん》が手をたたいた。

「金主《きんしゅ》が死んだぞ。いまこそ好機！」

彼らは遼に密使を送って天祚帝《てんそてい》を捜し出し、同盟して金をほろぼそうと提案した。だが、天祚帝《てんそてい》は北方の草原や砂漠を転々と逃げまわっており、なかなか捜しあてることができない。逆に、密使のほうが、追撃をつづける金軍に発見され、つかまってしまった。蔡京《さいけい》たちから天祚帝《てんそてい》へあてた密書も、金軍の手中におちた。

密使をとらえたのは、皇帝の一族で猛将として知られた粘没喝《ネメガ》だが、彼は漢文が読める。密書を読んで蔡京《さいけい》らの背信《はいしん》行為を知り、怒髪《どはつ》天を衝《つ》いた。

「裏切り者どもめ！　六州をくれてやった恩を忘れたか。遼をほろぼしたら決着をつけてくれるぞ」

三年にわたって逃亡の旅をつづけた遼の天祚帝《てんそてい》は、応州新城《おうしゅうしんじょう》の東でついに金軍にとらえられた。宋の宣和七年、金の天会三年（西暦一一二五年）である。ここに遼は完全に滅亡した。

同時に、宋にとって未曾有《みぞう》の危機がおとずれる。

遼を完全にほろぼした金は、そのまま全軍をこぞって宋への侵攻を開始したのだ。

「遼の残党と密約して、わが国に敵対しようとした背信行為の罪を問う」

遼軍にさえ勝てなかった宋軍が、勇猛剽悍《ひょうかん》な金軍に対抗できるはずがない。たちまち国境を突破されてしまった。怒濤《どとう》のごとく金軍は南下をつづけ、ついに黄河《こうが》を渡って、宋の国都・開封《かいほう》を包囲した。

開封《かいほう》は天下の巨城で、城壁の高さは四丈（約一二・三メートル）、厚さは五丈九尺（約一八・一メートル）、周囲には濠《ほり》もある。さすがに容易には陥《お》ちなかったが、包囲された城内では朝廷が大混乱におちいっていた。

金軍を憤激させた責任者として、蔡京《さいけい》と童貫《どうかん》は張《ちょう》邦昌《ほうしょう》らの弾劾《だんがい》を受け、ついに解任されたが、それだけではすまない。皇帝である徽宗《きそう》自身、責任をのがれることはできず、「己《おのれ》を罪する詔《みことのり》」を出して退位し、上皇《じょうこう》となった。在位あしかけ二十六年、このとき四十四歳である。

皇太子の趙桓《ちょうかん》が即位して皇帝となった。これが欽《きん》宗《そう》で、宋の第九代の天子である。ときに二十六歳。

さて金軍は開封《かいほう》を包囲して猛攻を加えたものの、いっこうに陥ちる気配も見えない。数日のうちに、都をはなれていた宗沢《そうたく》が各地の義兵をあつめて救援に駆けつけるという報告がもたらされたので、金軍は力まかせの攻撃を断念し、欽宗《きんそう》皇帝からの和平の申しこみに応じることにした。

「責任をとって帝（徽宗《きそう》）は退位あそばされた。蔡《さい》京《けい》と童貫《どうかん》には重い処罰を加える。巨額の賠償金も支払うので、どうか兵を引いてもらいたい」

という欽宗《きんそう》の哀願《あいがん》である。このとき金軍をひきいていたのは、粘没喝《ネメガ》と二太子・斡離不《オリブ》であったが、

「よかろう、今回はこれまでとしよう。宋も背信行為の報いが身にしみたであろうし、わが軍にも宋をほろぼすまでの力はないから」

そう意見がまとまった。和約がむすばれ、金軍は開封《かいほう》の包囲をといて北へ帰りはじめる。

その後背《こうはい》を宋軍が急襲した。

和平をこころよしとせぬ強硬派が、自分たちの弱さもかえりみず、金軍の油断をねらって和約に背《そむ》いたのだ。金軍はただちに反撃して宋軍をしりぞけたが、かさねがさねの背信を、もはや金軍は恕《ゆる》そうとはしなかった。

二太子・斡離不《オリブ》から急報を受けた金の太宗《たいそう》皇帝は、あらためて宋への全面侵攻を決意したのである。こうして宋は滅亡の縁に立たされることとなった。

年があらたまって、宋の靖康《せいこう》元年、金の天会四年(西暦一一二六年)。

金の首都、黄龍府《こうりゅうふ》においては、金主《きんしゅ》(金の皇帝、太宗《たいそう》・呉乞買《ウチマイ》)が皇宮内の演武場に出座した。

両側の文官武官が中国式に万歳をとなえる。広間の前には、一頭の鉄の龍が置かれていた。もともと太祖《たいそ》の遺《のこ》した家宝で、重さは千余斤ほどあった。金主の命を受けた宿衛《しゅくえい》の兵士が、声高らかに叫んだ。

「軍人と平民とを問わず、この鉄龍を持ちあげることができた者に、掃南大元帥《そうなんだいげんすい》の職を授けようぞ!」

その旨が伝えられると、王族から一兵士にいたるまで多くの者が、それぞれ力をふるって、宋を征服する大軍の総帥《そうすい》たらんと望んだ。つぎつぎに重い鉄龍を持ちあげるべくいどんだが、ひとりとして成功しない。まるでトンボが石柱を揺り動かすようなもの(身のほど知らず)で、それぞれ満面に恥じ入って、しりぞいていった。金主が失望の色をあらわした。

「よもやわが国に、これしきの物を持ちあげることができる者はおらぬのではあるまいな!」

そこへ忽然《こつぜん》と広間のすみからひとりの男が出てきた。見るからに凡物《ただもの》ではない。

顔色は浅黒く、髪と髯《ひげ》は黒雲のよう。両眼にはいなずまのような光がきらめき、ずばぬけた長身で、ひきしまったたくましい身体つき。年齢はまだ三十歳そこそこであろうが、まるで冥府《めいふ》の支配者のごとく不吉な威厳と迫力に満ちている。

実は彼こそは太祖の第四太子で、名は兀朮《ウジュ》。漢名は宗弼《そうひつ》という。叔父である金主の前にひざまずくと、高らかに声を発した。

「臣であれば、この鉄龍を持ちあげることができましょう」

金主はそれを聞くと、不快げにうなった。

「出すぎたことを申すな！　大言の罪により、こやつを牢に下せ！」

左右の兵士が、たちどころに兀朮《ウジュ》を縛《しば》ろうとした。

「待て、はやまるな」

兵士たちを制して進み出たのは、兀朮《ウジュ》の兄にあたる二太子・斡離不《オリブ》である。

「陛下、今日は吉日。まさに掃南大元帥たる者をさだめるため各人の武芸を観《み》ようというのに、どうして四太子を入牢《じゅろう》させようとなさるのですか？　どうかよくごらんになられますよう、お願い申しあげます」

「二太子よ。本来なら掃南大元帥は智勇兼備のそなたがなるべきだが、残念ながらそなたは病で帰国したばかり。そなた以上の者を選び出すべく苦慮《くりょ》しておるのに、この四太子めが苦労知らずのことを申しおる。まだ自分ひとりで大軍をひきいた経験もないくせにな！　大言に罰をあたえねば、しめしがつかぬではないか」

「およそ人はうわべだけでは判断できませぬ。臣の愚言《ぐげん》を容《い》れて、なにとぞ四太子に鉄龍を持ちあげるようお命じください。もしいうとおり持ちあげることができれば、四太子を元帥として派遣なさり、宋王朝の天下を得れば、これこそ陛下の大いなる幸福でございます。もし持ちあげることができなければ、いかような処罰を受けようと、弟は死しても恨みはしますまい」

「わかった、そなたの顔を立てよう」

金主は申し出を受けいれ、兀朮《ウジュ》を放すよう命じた。彼に鉄龍を持ちあげさせ、持ちあげられなければ、ただちに首を斬《き》り、それで思いあがりの罪を正すことにしたのである。

兀朮《ウジュ》は恩を感謝し、鉄龍の前に立つと、天を仰いでひそかに祈った。

（私がもし中原《ちゅうげん》に進むことができ、宋王朝の天下を奪いとれるなら、どうか神のご加護《かご》を受け、鉄龍を持ちあげられますように。もし中原に進めず、宋王朝の天下を奪いとれないなら、鉄龍を持ちあげられずに、刀剣の下に死にましょう）

祈り終わると、鉄龍の前後の肢《あし》を持ち、持ちあげはじめた。ついに頭上にかかげると、声高く叫んだ。

「ごらんあれ、陛下！　鉄龍を持ちあげましたぞ！」

歓声が宮殿全体をゆるがした。気むずかしい金主さえひざをたたき、二太子は微笑し、兵士たちは飛びあがって口々に叫ぶ。

「四殿下はまさに天神《あまつかみ》だ！」

兀朮《ウジュ》は鉄龍をつづけて三度かかげ、大きくひと声、床に投げ捨てた。呼吸をととのえつつ広間にあがり、叔父である金主の前にひざまずく。金主は彼を昌平王《しょうへいおう》に封じ、掃南大元帥とし、五十万の兵をあたえて宋の全土を征服するよう命じた。

兀朮《ウジュ》は吉日を選び、兵五十万を出発させ、真珠祥雲《しんじゅしょううん》の旗を祭り、叔父や兄弟に別れを告げて、兵を中原へと進めた。またがる馬は金国一の名馬「奔龍《ほんりゅう》」である。ひるがえる数万本の軍旗は太陽を隠し、軍中の太鼓が天までひびきわたって雷鳴のようであった。

さて兀朮《ウジュ》が軍隊をひきいて行軍してから半月あまり、宋との境界に着いた。第一の関門は潞安州《ろあんしゅう》である。この関門には節度使《せつどし》がおり、姓は陸《りく》、名は登《とう》、字《あざな》は子敬《しけい》といった。夫人は謝氏《しゃし》、夫婦の間にただ一

子をもうけ、年はちょうど三歳になるところである。配下には五千余の兵士がいた。この日ちょうど書類を決裁していると、あわただしく斥候《せっこう》が報告しに来た。

「使君《しくん》（節度使閣下）に申しあげます。いけません！　いま金国が大軍でふたたび侵攻してきました。ここからわずか百里のところにおります」

陸登《りくとう》はそれを聞くと、無言で立ちあがった。斥候に銀子《ぎんす》一両をあたえて、もう一度探ってくるように命じる。彼はかねがね朝廷を牛耳《ぎゅうじ》っている奸臣《かんしん》たちに批判があったが、いまはそれどころではない。すぐに伝令を出発させ、城外の庶民を、ことごとく城内に収容した。さらに大きな水がめを買いあつめた。また孟宗竹《もうそうちく》一万本、小さい竹一万本、綿のくずや破れた布一万余斤をあつめて、喞筒《ポンプ》をつくった。倉庫から鋼鉄を運び出して、鉄の鉤《かぎ》の形につくり、工匠《こうしょう》に形どおりに鉄鉤を鋳造《ちゅうぞう》させ、網にとりつけた。さらに数千桶の毒薬を鍋の中に放りこんで煮出し、水がめの中に入れた。これを金軍の頭上にかけようというのだ。何しろ先年、ほとんど瞬時にして金軍に国境を突破《とっぱ》された経験がある。陸登《りくとう》は今年、着任すると同時に準備をおこたらなかったのである。

準備がととのうと、都に救いを求める上奏書《じょうそうしょ》を書いた。敵が昼夜兼行で都へと向かっている、朝廷には兵を発して救援に来ていただきたい、という内容である。陸登《りくとう》は朝廷の反応がにぶいのをおそれ、さらに二通の書状を書いた。一通は両狼関《りょうろうかん》の大将軍・韓世忠《かんせいちゅう》へ、もう一通は北京大名府《ほっけいたいめいふ》の留守《りゅうしゅ》・張叔夜《ちょうしゅくや》へあてたものだ。彼らふたりは信頼できる人物なので、軍隊を動かして救援してくれるように求めたのである。使者はそれを持って、あわただしく城を出ていった。

さて兀朮《ウジュ》のひきいる軍隊は、暴風のごとく押し寄せてきて、潞安州《ろあんしゅう》に到着し、城から五十里離れたところに布陣《ふじん》した。陸登《りくとう》は城壁から金軍を眺めやって、思わず息をのんだ。

空一面に怪しい霧がたちこめ、いたるところ黄砂《こうさ》が起こる。駱駝《らくだ》の足が地を打つのが聞こえ、またひゅうひゅうと胡笳《こか》が乱れ鳴るのが聞こえる。刀槍《とうそう》と軍旗が銀色の大森林のごとくむらがりたつ。陣頭《じんとう》に敵の総帥《そうすい》らしき人物が馬を立てていた。西域《せいいき》風の帽子に、牛皮の鎧《よろい》、頭の後ろには二本の雉《きじ》の尾を差している。烏《からす》の印の弓に雁《がん》の羽の矢、馬のうなじには重なるように飾り毛が付けかけてある。砂埃《すなぼこり》がわき起こり、目をそむけたくなるような殺気が天をおおった。

陸登《りくとう》は部下たちに告げた。

「金軍は大軍であり、しかも鋭気《えいき》盛んである。今はただ城を堅守《けんしゅ》しよう。戦うのは救援が来るのを待ってからだ」

兵士たちは、みなそれぞれの部署を守り、防備を固めてひたすら救援を待った。

さて兀朮《ウジュ》は陣頭で、軍師の哈迷蚩《ハミツー》に尋ねた。

「この潞安州《ろあんしゅう》は誰が守っているのだ？」

哈迷蚩《ハミツー》は答えた。

「ここの節度使は陸登《りくとう》と申しまして、今年にはいって着任したばかりですが、用兵に長《た》けておるとの評判でございます」

「彼は忠臣か？　それとも奸臣か？」

「宋王朝の重要な忠臣です」

「そうであるならば、予《よ》がいって彼に会ってみたいものだ」

そしてただちに号令を発して、軍師をともない、愛馬奔龍を駆って城壁のすぐ近くまですすんだ。

陸登《りくとう》は兵士に命じた。

「しっかりと城を守れ。私が出ていってやつと会ってくるのを待つのだ」

陸登《りくとう》は槍を持ち、武装して馬に乗った。城門を開き、吊り橋を下げて、単独で敵陣の前へと出ていく。

兀朮《ウジュ》は、手にした戦斧《せんぷ》「螭尾《ちび》鳳頭金雀斧《ほうとうきんじゃくふ》」をさげ、大声で叫んだ。彼は教養ゆたかな人物で、漢文を自由自在に読み書きし、しゃべることもできるのだ。

「そこに来た者はまさか陸登《りくとう》ではあるまいな？」

陸登《りくとう》は答えた。

「いかにもそうである」

兀朮《ウジュ》はよろこんだ。彼の立場からすると矛盾《むじゅん》もいいところだが、彼は宋の名将や忠臣たちに深い敬愛の念をいだいており、卑怯者や裏切り者を憎んでいた。

「陸《りく》将軍！　我が方は五十万の兵をひきいており、中原《ちゅうげん》を攻め宋王朝の天下を奪いとろうとしている。この潞安州《ろあんしゅう》は最初の場所である。予はずっと将軍が好漢《こうかん》であることを聞いており、特にすすめる。予に降伏《こうふく》せよ。さすれば、王位を授けよう。将軍の胸のうちはどうか？」

「お前は何者だ？　早く名を名乗れ」

「他でもない、大金国太祖皇帝陛下の第四太子、掃南大元帥を拝した完顔兀朮《ワンヤンウジュ》とは予のことだ」

「おろかなことを申すな！　天下には南北の境があり、たがいに侵犯せぬのが道理である。にもかかわらず先年に引きつづき、無名の師《し》をおこして我が国境を侵し、我が軍をわずらわせるとは、どういうつもりか？」

兀朮《ウジュ》は笑って答えた。

「将軍の話はまちがっている！　古《いにしえ》より天下は、ひとりの天下ではない、ただ徳のある者がそこにいるのだ。宋王朝の皇帝は、外に盟約を守らず、内に賢《けん》才《さい》を捨てて奸臣を用い、贅沢《ぜいたく》のかぎりをつくして民衆を苦しめ、天を怒らせた。だから我が主は仁義の師をおこし、民衆を苦しみから救うのだ。将軍が早めに天意《てんい》にしたがえば、名誉も地位もうしなわずにすむ。もし頑迷《がんめい》であるならば、おそらくおぬしの小さな城は、わが軍の攻撃に耐えきれないであろう。善悪ことごとく焼きほろぼされてから後悔しても遅いぞ」

陸登《りくとう》は大いに怒り、どなり返した。

「大悪党が、ばかも休み休みいえ！　我が槍をくらうがよい」

兀朮《ウジュ》めがけて突きかかった。兀朮《ウジュ》は戦斧をあげて音たかく槍をはね返し、斧を返して斬りつけた。馬を馳《は》せちがえ、七、八合はげしく撃ちあったが、もともと陸登《りくとう》は文官である。兀朮《ウジュ》に敵しえるはずがなく、槍をたたき落とされてしまった。無念をこらえて馬首をめぐらし、兀朮《ウジュ》が後ろから追いかけてくるのをかろうじて振りきり、城内に駆けこんだ。

吊り橋をあげ、城門をとざすと、陸登《りくとう》は息をはずませつつ部将たちにいいつけた。

「あの兀朮《ウジュ》は敵ながら無双の豪勇だ。お前たち、用心して城を堅く守り、決して敵を軽視してはいかんぞ」

一夜が過ぎた。翌日、兀朮《ウジュ》はまた城門の前で戦いをいどんだ。だが城門には免戦牌《めんせんはい》（戦いを拒絶するという標識）がかけられている。「どんなにお前がののしっても、決して城は出ない」とあった。

兀朮《ウジュ》は部下の烏国龍《うこくりゅう》と烏国虎《うこくこ》に命じて、雲梯《うんてい》をつくらせた。六輪車の上に折りたたみのハシゴをのせた攻城用の兵器で、高さ三丈の城壁をこえることができる。

元帥の気温鉄木真《チウンテムジン》に、五千の兵をつれて先陣を切らせ、兀朮《ウジュ》みずからも大軍をひきいて後続となった。外濠《そとぼり》に着くと、兵士に雲梯を水上に横倒しにさせ、それを橋として大軍を渡す。今度は雲梯を城壁に向かって立てさせ、兵士たちにいっせいに壁を登らせた。壁を登りきると、どこにも何の動きもない。兀朮《ウジュ》は思った。

(きっと陸登《りくとう》は逃げ出したに違いない。そうでなければ、どうして城壁に守備兵がいないのだ?)

彼が推測している間に、突然城壁から炮声《ほうせい》がとどろき、毒水が滝のように撃ち出された。それを浴びた兵士たちは、ひとり、またひとりと雲梯から転げ落ち、水中に沈んでいく。城壁の陸登《りくとう》の兵士たちは、雲梯をすべて引き剝《は》がしてしまった。

兀朮《ウジュ》はおどろき、急いで兵を陣に帰すと、軍師・哈迷蚩《ハミツー》と相談した。

「昼間に城壁を登らせると、向こうから毒水をあびせてきて、身をかわすのがむずかしい。夜になるのを待ってから向こうの出方を見るというのはどうだ?」

作戦が決まった。黄昏《たそがれ》どきになると、前回のように兵を五千ひきいて、雲梯を運び、外濠に着いた。前と同じように外濠を渡り、雲梯を城壁にかけて、兵士たちに上へと登らせる。兀朮《ウジュ》は暗闇の中で、城壁にはひとつの灯火もないのを見た。兵士たちは全員が城壁を登りきっている。兀朮《ウジュ》は大いに喜び、軍師に向かっていった。

「今度はきっと潞安州《ろあんしゅう》を手に入れられるにちがいない!」

いい終わらないうちに、城壁から炮声がとどろき、何百もの灯球《ちょうちん》や火把《たいまつ》が、昼間と同じくらい明るく周囲を照らした。そして金軍の兵士たちの首を、ことごとく城壁から下へと投げ捨てた。兀朮《ウジュ》はそれを見て、涙を流しながら軍師に問うた。

「兵士たちはかわいそうなことをした。だがどうしてみんな敵に殺されたのだ? いったいどうやって?」

「臣にもなぜだかわかりません」

そもそも城壁の上には細い網がしきつめられてお

り、網には一面に、魚のひげの形の鉤《かぎ》がついていた。城壁を登る兵士たちは、暗闇でよく見えず、みんな網を踏みつけて動けなくなり、矢と槍とでことごとく殺されてしまったのである。

なげき悲しむ兀朮《ウジュ》を見て、部下たちは陣に帰るようすすめた。兀朮《ウジュ》はこの城を攻囲して二十日あまりがすぎているのに、成功することができず、逆に多くの兵士たちを死なせてしまい、苦悩した。

「先年の出兵で、二太子たちは瞬時にして国境を突破し、開封《かいほう》にせまったというのに、予はこのざまだ。どの面《つら》さげて故郷の人々にまみえよう」

軍師は兀朮《ウジュ》のこのようなようすを見て、彼に猟をして憂《う》さを晴らすようすすめた。兀朮《ウジュ》はあまり気がすすまなかったが、猟犬と海東青《はやぶさ》をともない、そびえる山々、生い茂る木々、深い谷へと向かって狩りを始めた。ふと、遠くでひとりの男が林の中に隠れるのが見え、軍師は兀朮《ウジュ》に告げた。

「この林には敵の細作《しのび》がおります。とらえさせましょう」

ほどなく、兵士たちがひとりの男を捕《つか》まえてきて、兀朮《ウジュ》の目の前にひざまずかせた。

兀朮《ウジュ》はきびしく問いかけた。

「お前はどこから来た細作だ。早く申せ！　もし一言でもごまかしを申せば、刀が待ち受けておるぞ」

この男は何を話し出すのであろうか。潞安州《ろあんしゅう》の攻防がどのような結果となるかは、次回のお楽しみ。

第十六回　偽信を下して哈迷蚩《ハミツー》は顔を斬《き》られ　潞安《ろあん》を破られ陸節度《りくせつど》は忠を尽くす

さて、兀朮《ウジュ》に問いつめられた男は平伏して答えた。

「わたくしめはまことに良民《りょうみん》で、けっして細作《しのび》ではありません。城外で農作物を買いあつめ、城内へもどって売っております。あなたさまの軍がここにいるので、わたくしめは城内へもどれないでおりました。今、あなたさまの軍法が峻厳《しゅんげん》で、民の草木一本すら取ることを許さないと聞き、それで城内へもどりたいと思ってやってきたのです。どうぞ生命をお助けください！」

兀朮《ウジュ》はおだやかにうなずいた。

「百姓《ひゃくせい》（人民）であるならいかせてやろう。予《よ》はひとりの百姓も苦しめたくない」

軍師・哈迷蚩《ハミツー》はあわてて首を振った。

「四太子《したいし》、こやつはかならずや細作でございますぞ。もし百姓であるなら、四太子を目の当たりにすればきっと驚きあわて、とてものこと話などできますまい。いま、こやつの答えは流れるがごとく、まったくおそれる色がありません。百姓がどうしてこんなに大胆でありましょうか？　こやつをつれて陣に帰り、あらためて尋問いたすがよろしいかと存じます」

　そこで兀朮《ウジュ》は陣にもどり、その男をくりかえし尋問した。その男は前と同じことをいい、一言もあらためない。兀朮《ウジュ》は軍師に向かって苦笑した。

「この者は本当に百姓だ。解放してやろうではないか」

「では、こやつの身体を調べてみましょう」

　調べてみると妙なものが見つかった。蠟《ろう》でつくられた球で、てのひらにのるほどの大きさである。軍師は男をにらみつけた。

「やはり、きさま、細作だったな」

　兀朮《ウジュ》は球を手にとって見つめた。

「いったいこれは何だ」

「これは『蠟丸書《ろうがんしょ》』と申します」

　軍師が小刀を抜いて蠟の球を切り開くと、内部は空洞《くうどう》で、丸めた紙がはいっている。のばして見てみると、両狼関総兵《りょうろうかんそうへい》・韓世忠《かんせいちゅう》が陸登《りくとう》に送った密書であった。

「汴梁節度使《べんりょうせつどし》・孫浩《そんこう》が兵をひきいて進み、潞安州《ろあんしゅう》の守備に助勢《じょせい》することになっている。もし孫浩《そんこう》が出撃してきても、援助してはならない。彼は張邦昌《ちょうほうしょう》の腹心であり、むしろ彼の裏切りを防ぐべきである。いま、特に趙得勝《ちょうとくしょう》なる者を派遣して知らせる。ご承知おきありたし」

　という内容だ。

　兀朮《ウジュ》は読み終わると、軍師にいった。

「この書状はさして重要とも思えんがな」

「いえ、四太子にはご存じないのです。この書状は何でもないように見えて、裏面《りめん》に重大な事実を秘めております。たとえば、孫浩《そんこう》が進んで来てわが軍と戦うとします。そのときもし陸登《りくとう》が城を出て彼に助勢すれば、こちらはひそかに一部の兵をまわすだけで、潞安《ろあん》の城を奪えます。もし陸登《りくとう》が韓世忠《かんせいちゅう》の指示どおり、助勢に出ず堅く城を守れば、われらはいつ城に入れますことやら」

「なるほど、もっともだが、計略はどのようにいたそう？」

「臣が韓世忠《かんせいちゅう》の印を偽造し、筆跡をまね、密書を書いて陸登《りくとう》を城から引きずり出します。わが軍は待ち伏せして、十重《とえ》二十重《はたえ》に彼をかこみ、一方、別動隊を送って城をおそえば、ことはきっと成りましょう」

兀朮《ウジュ》は大いに喜び、軍師にさっそくことを運ばせ、細作を斬るよう命じた。軍師は制止した。

「この細作は殺してはなりません。使い途《みち》がございます。わたしにおさげわたしを」

「軍師が必要というならそういたせ」

翌日、軍師が偽《にせ》の蠟丸書をつくり終えると、兀朮《ウジュ》は問いかけた。

「で、誰に偽の密書を持っていかせるのだ？」

「細作となるには、臨機応変《りんきおうへん》であるべきです。今回はきわめて重大なことですので、わたしがみずからまいりましょう。もし失敗したときは、わたしの後代《あとつぎ》をよろしくおはからいください」

「安心していくがよい。しかし成就を願え。功は大きいぞ」

さて、哈迷蚩《ハミツー》は趙得勝《ちょうとくしょう》に扮装し、蠟丸書をたずさえて陣を出た。金軍に追われるありさまをよそおって城門の前まで走り、吊り橋を降ろされたし、という手ぶり身ぶりをしてみせる。陸登《りくとう》は城壁上でそのようすを見て、橋を降ろさせた。哈迷蚩《ハミツー》は吊り橋を渡り、城壁の直下で叫んだ。

「門を開けて入城させられたし。陸《りく》将軍にだいじな話がある！」

城壁上から兵士が答えた。

「待っていろ、すぐ入れてやる」

だが城門は開かない。待っていると、城壁の上から大きな籠《かご》がおりてきた。太い索《ロープ》でつりさげられている。

「籠のなかにすわってくれ。引っぱりあげるから」

哈迷蚩《ハミツー》はしかたなく籠にすわった。滑車がまわり、城壁の上へとのぼっていったが、途中でとまった。宙に浮いている哈迷蚩《ハミツー》に、陸登《りくとう》が問いかける。

「おまえの名は？　どなたに差し向けられてきたのか？　文書はあるか？」

哈迷蚩《ハミツー》は漢語にも漢文にも通じ、かつて何度か宋の領土に潜入《せんにゅう》して偵察もしたが、このような状況になったことはなかった。ただこういうしかなかった。

「小人《わたくしめ》は趙得勝《ちょうとくしょう》と申します。両狼関《りょうろうかん》より韓《かん》元帥の命を奉じてまいりました。元帥の親書がここにございます」

韓世忠《かんせいちゅう》の部下に趙得勝《ちょうとくしょう》という人物がいると、陸《りく》登《とう》は知ってはいたが、まだ会ったことはなく、顔を知らない。

「おまえが韓《かん》元帥の麾下《きか》にあるならば、元帥が何処《いずこ》で功を得て元帥となられたか知っておろう？」

「韓《かん》元帥は先年、江南《こうなん》の叛賊《はんぞく》・方臘《ほうろう》をとらえて功を得られました。いま勅命《ちょくめい》により両狼関《りょうろうかん》を守っております」

「元帥の夫人はどなたか？」

「韓《かん》元帥のご夫人を知らぬ者が天下におりましょうか。ご夫人は姓を梁《りょう》、名を紅玉《こうぎょく》と申されます。女性ながら智勇兼備、兵士たちの人望もあつい名将であられます」

ひと晩、真物《ほんもの》の趙得勝《ちょうとくしょう》を問いつめて、韓世忠《かんせいちゅう》の一家についてはくわしく知っている。よどみなく哈《ハ》迷蚩《ミツー》は答えた。

「夫人は以前、何をしておられたかな」

「それはわたくし、あえて申しあげませぬ」

このような会話がおこなわれた理由は、韓《かん》元帥夫人こと梁紅玉《りょうこうぎょく》の前身にある。彼女は韓世忠《かんせいちゅう》と結婚する以前、京口《けいこう》という街で才色双絶《さいしょくそうぜつ》をうたわれた妓女《ぎじょ》であった。「身分が低い出身だ」というので、そのことを知っている者もあえて口に出さないのが礼儀だ、というわけである。

「では公子《わかぎみ》は?」

「おふたりです」

「御名は? 御年は?」

「大公子《だいこうし》は韓尚徳《かんしょうとく》、十四歳。二公子は韓彦直《かんげんちょく》、まだ三歳でいらっしゃいます」

「はたして違《たが》わず。竿《さお》を差しのべるから、それに親書をむすびつけよ、拝読《はいどく》しよう」

「わたくしめを城内に入れてくださらないので?」

「わたしが読み終わるのをしばし待て。それからでも遅くはなかろう」

どうしようもない。哈迷蚩《ハミツー》は陸登《りくとう》の用心深さに内心、舌をまきながら、蠟丸書を差し出すしかなかった。

陸登《りくとう》は蠟丸書を切り開き、偽の密書を取り出して読むと、不審をおぼえた。

「孫浩《そんこう》は奸臣の門下だ。なぜ韓《かん》元帥はわしにやつを助けにいかせようとするのか? まして、わしが助勢のために城を出たとき、もし兀朮《ウジュ》が兵を割《さ》いて城をおそったなら、防ぎようがない」

疑っているそのとき、ふと羊臭いにおいがした。そこで部下に問うていった。

「今日、おまえたちは羊肉を食べたか?」

「いえ、今日の食事に羊肉は出ておりません」

「ふむ……」

陸登《りくとう》は偽の密書を読みかえし、鼻に近づけて嗅《か》ぎ、大笑《たいしょう》していった。

「羊臭くなければ欺《あざむ》かれるところであったわ! この奸細《くせもの》め、こんなからくりでわしをだましおおせるつもりだったとはな。さっさとありのままを述べよ！　もし敵国でいくらかでも名がある人物なら、解放してやろう。もし無名の兵士なら、留めておってもしかたがない。殺すに如《し》かず」

　籠のなかで宙づりになったまま、哈迷蚩《ハミツー》も笑った。

「観破《かんぱ》されてはしかたない、いさぎよく名乗るとしよう。わたしは大金国の軍師・哈迷蚩《ハミツー》である」

「ほう、わしも金国に哈迷蚩《ハミツー》なる者ありと聞いていたが、それがおまえか？　何度もひそかに中原《ちゅうげん》に潜入して情勢を探り、侵略の策をねっていたそうだな。わしがいまおまえを殺せば、おそらく天下の者はわしがおまえの策をおそれたと笑うであろう。と申して、もしおまえを帰らせると、またやって来て細作となるであろう。どのように見分けるか？」

　考えていたが、ひとつうなずくと、そばにひかえていた部将に命じた。

「こいつの顔に傷をつけてから、解放せよ」

　部将はひと声応じると、剣をふるって哈迷蚩《ハミツー》の鼻に斬りつけてから、籠を降ろさせた。

　哈迷蚩《ハミツー》は生命をとりとめ、吊り橋を走りぬけ、顔をおおって陣へもどり、兀朮《ウジュ》にまみえた。兀朮《ウジュ》は哈《ハ》迷蚩《ミツー》が顔から胸にかけて血まみれなのを見て、眉をひそめた。

「軍師よ、なぜそんなことに？」

　哈迷蚩《ハミツー》が事情を話すと、兀朮《ウジュ》は憤激した。

「軍師は後方にさがって治療を受けよ。予《よ》がおぬしのために、陸登《りくとう》に報復してくれよう」

　哈迷蚩《ハミツー》を後方に送ると、兀朮《ウジュ》は泳ぎのうまい兵士一千余人を選び、黄昏《たそがれ》になってひそかに水門にせまった。いっせいに濠《ほり》に入り、ひそかに水門に入ろうとする。しかしあにはからんや、水門は網で遮断《しゃだん》されていた。しかも網は銅鈴《どうれい》だらけで、もし人が水中で網に触れて銅鈴がひびけばたちまち矢があびせられる。金兵はつぎつぎと射殺されて、暗い水面を死体で埋めつくした。

兀朮《ウジュ》は多くの精鋭をうしなったことをなげきつつ、生き残りの兵を助けていったん陣に帰った。だが彼は不屈だった。

「陸登《りくとう》の機謀《きぼう》はすばらしい。だが、ひと晩のうちに二度来るとは思うまい。予《よ》はみずからあの水門を攻め落とす。もし失敗して予が死んだら、汝らは撤兵《てっぺい》して国へ帰れ」

夜明け前、兀朮《ウジュ》はまたも千余人をひきいてひそかに濠に近づき、兀朮《ウジュ》自身がまず水に入った。やはり網にぶつかった。城壁上の銅鈴がひと鳴りする。城壁上からは矢が飛んできたが、牛革《ぎゅうかく》をはった盾でふせぎ、ついに兀朮《ウジュ》は濠の対岸に躍りあがった。

斧をふるってたちまち十数人の宋兵を斬《き》り殺す。彼らのひとりから鍵をうばって小門を開け、城内にすべりこむと、そこでも宋兵を斬り散らした。吊り橋を降ろして胡笳《こか》を吹き鳴らすと、城外の金兵が洪水のごとく城に乱入した。

陸登《りくとう》は夜明け前から起きて衙中《がちゅう》（執務室）で仕事をしていたが、駆けつけた兵士が報告するのを聞いた。

「金兵がすでに城に攻めこんでおります！」

陸登《りくとう》は城内のありさまを確認すると、急いで後堂《こうどう》（公邸）に駆けこみ、夫人を起こして告げた。

「この城はもうだめだ。わしは守将《しゅしょう》としての責務をはたせなかった。どうして生きていられようか？　士大夫《したいふ》たる者は当然、国のために殉《じゅん》じねばならぬ」

夫人は落ち着いていた。

「あなたが忠に殉じるのであれば、わたくしは節《せつ》に殉じねばなりませんね」

彼女は乳母に向かっていった。

「わたくしたち夫婦が死ねば、この子だけになります。育てて成人させ、陸《りく》氏の家督《かとく》を継がせてください。おまえがそうしてくれれば、我が陸《りく》氏一門の大恩人ですよ」

　命じ終えると後堂にはいり、自刎《じふん》して果てた。陸《りく》登《とう》は庁堂にいて夫人が自刎したと聞くと、「終わりだ！」と数度叫び、みずからも同じく剣を抜いて首を刎《は》ねた。その遺体は立ったままで床に倒れない。使用人たちは主人夫妻が自殺したのを見て、それぞれ逃げ去った。

　乳母がおさない公子をだいて逃げようとしたちょうどそのとき、兀朮《ウジュ》が早くも騎乗《きじよう》して門から駆けこんできた。乳母はあわてて大門の後ろに隠れる。兀《ウ》朮《ジュ》が馬をおりて庁堂にあがると、薄暗いなか、何者かが剣を手に昂然《こうぜん》と立っているのが見えた。大喝一声、

「何者か？　降伏せねばこの斧を食らわすぞ！」

　返事がないので進んでよく見ると、それは陸登《りくとう》であり、すでに自刎しているとわかった。兀朮《ウジュ》はおおいに驚いた。人間が死んでも倒れないなどということがあろうとは。

　そこで斧を床に突き立て、剣を引っさげて後堂に入ったが、人の気配はない。女性の遺体が床に横たわっているだけだった。もう一度見まわしたが誰もいない。ふたたび庁堂にあがると、首のない陸登《りくとう》の遺体はなお佇立《ちよりつ》していた。

「なるほどな。もしや、予がやって来て貴公の遺体を傷つけ、貴公の民を殺戮《さつりく》するのをおそれ、死後もここに立っているのではないか？」

　哈迷蚩《ハミツー》がやって来た。顔じゅうに包帯を巻いている。

「四太子がここにおられると聞き、護衛にまいりました。や、この死体はいったい……？」

「よいところへ来た。説明はあとでする。伝令に出て兵に命じよ。『城内にとどまるな。城外の空き地で陣を張れ。百姓の一草一木を動かすことも許さぬ。命に違《たが》う者は斬る！』とな」

哈迷蚩《ハミツー》は命令をかしこみ、伝令に出た。兀朮《ウジュ》はふたたび陸登《りくとう》の遺体に向きなおった。

「陸《りく》どの、予は決して百姓に危害を加えませんぞ。安心してお倒れあれ」

なお遺体は倒れない。兀朮《ウジュ》はまたいった。

「こうしよう。後堂の女性の遺体は、あるいは貴公の夫人で、夫のために節に殉じて果てたのではないか？　貴公らおふたりを合葬《がっそう》し、人々に貴公ら忠臣節婦《せっぷ》の墓ということを知らしめる。いかがかな？」

まだ倒れない。

「これはうかつであった。予は貴公をまだ拝《はい》しておらなんだ。つつしんで礼拝いたすゆえ、お倒れください」

兀朮《ウジュ》は二度拝したが、やはり倒れない。

「なんとも不思議な！」

兀朮《ウジュ》が椅子《いす》を引っぱってきて、すわって考えこんでいると、兵士が女性をとらえ、腕に子どもを抱いてやって来て報告した。

「この女がこの子を抱いて門の後ろで乳をやっておりました。どうか四太子のご裁断を」

兀朮《ウジュ》は女性に問うた。

「おまえは何者だ？　その赤ん坊はおまえの子か？」

女性は泣いて答えた。

「老爺《だんなさま》のご子息です。わたくしめはその乳母です。あわれ老爺と夫人《おくがた》は国のために忠に殉じられ、この子が残るのみです。四太子よ、命ばかりはお助けを！」

兀朮《ウジュ》は聞くと、思わず感動の涙をうかべた。

「おお、そうであったか！」

彼は陸登《りくとう》に向かっていった。

「陸《りく》どの、予はけっして貴公の血脈《けつみゃく》を絶やしませぬぞ。貴公のご子息を我が子といたそう。本国に送り、この乳母に育てさせ、成人するのを待って貴公の姓を継《つ》がせ、家を再興《さいこう》させますが、いかがですかな？」

兀朮《ウジュ》の誠意が通じたのか、ようやく陸登《りくとう》の身体は重々しい音をたてて床に倒れ伏した。

兀朮《ウジュ》は公子を懐に抱いてあやしはじめた。ちょうど哈迷蚩《ハミツー》がやって来て、不審げにその姿を見つめた。

「四太子、この子はどこから？」

兀朮《ウジュ》が事情を話すと、哈迷蚩《ハミツー》はけわしい眼光になった。

「この子が陸登《りくとう》の子であるなら、臣にお下げ渡しくださいませ。そいつを葬《ほうむ》って、顔を斬られた怨《うら》みに報います」

「ならぬ。そなたは怨みを忘れよ。予は陸登《りくとう》が忠臣であるのに敬意を表し、公子と乳母に護衛をつけて本国に送る」

兀朮《ウジュ》は士官たちに命じて陸登《りくとう》の遺体を夫人の遺体といっしょにさせ、城外の高い丘に合葬した。その後、部下に潞安州《ろあんしゅう》を守らせ、自分は大軍をひきいて両狼関《りょうろうかん》へと南下していく。

さて、両狼関《りょうろうかん》を守る元帥・韓世忠《かんせいちゅう》はちょうど中軍にいた。この年三十九歳。堂々《どうどう》たる偉丈夫《いじょうふ》である。「万人《ばんにん》の敵」と称される豪勇で、しかも『宋史』に春秋戦国時代の廉頗《れんぱ》や李牧《りぼく》にたとえられるほどの、用兵の達人であった。

にわかに斥候《せっこう》がきて報告した。

「元帥に申しあげます。金の兀朮《ウジュ》が潞安州《ろあんしゅう》を打ち破り、陸《りく》閣下夫妻は自害されました。いまや兀朮《ウジュ》は兵をひきい本関を攻めるべく、ここより百里の距離におります。元帥のご指示を」

すぐさま韓世忠《かんせいちゅう》は各陣の将兵に伝令を出し、周辺の要地にあまねく伏兵をしいた。一方で報告書をしたため、朝廷に急を告げる。さまざまに指示を下していると、また斥候が来て報告した。

「元帥閣下に申しあげます。汴梁《べんりょう》節度使の孫《そん》閣下が兵五万をひきいてこの城を迂回《うかい》し、敵と戦端をひらきました」

韓世忠《かんせいちゅう》は眉をひそめた。

「ふん！　あのおろか者め、なぜいまごろになってようやくご到着なのだ？　兀朮《ウジュ》には五十余万の兵があるのだぞ。わが軍と連係しようともせず、何の計算があって、ほしいままにあえて十倍の敵にいどみ、みずから滅亡を選ぶのだ？」

さらに敵情をさぐるよう命じたが、韓世忠《かんせいちゅう》は心中で考えていた。

(もし出撃して孫浩《そんこう》を救わなければ、きっとやつの軍は潰滅《かいめつ》してしまうだろう。もしいって救えば、結局はもろともに敗れて、おそらくこの関は失ってしまう。さて、どうするか)

ためらっていると、武装したひとりの女性が姿をあらわした。年齢は三十代前半というところか、美しいだけでなく英気《えいき》と風格に満ち、見るからに非凡なようす。これこそ天下無双の女将軍・梁紅玉《りょうこうぎょく》である。

ふたりがはじめて遇《あ》ったとき、梁紅玉《りょうこうぎょく》はすでに京口《けいこう》きっての名妓《めいぎ》であったが、韓世忠《かんせいちゅう》はまだ無名の一兵士にすぎなかった。梁紅玉《りょうこうぎょく》は多くの有力者から求婚されていたのに、それらをすべて袖にして、韓世忠《かんせいちゅう》との間に夫婦の誓いを立てたのである。

韓世忠《かんせいちゅう》は、「かならず、ひとかどの将軍になってからお前を迎えに来る」といいのこし、西夏《せいか》国との戦いに出征していった。その後、梁紅玉《りょうこうぎょく》は韓尚徳《かんしょうとく》を産み、子育てをしながら、みずからも兵学や武芸を修得《しゅうとく》した。約束どおり韓世忠《かんせいちゅう》は梁紅玉《りょうこうぎょく》を迎えに来て、韓尚徳《かんしょうとく》と父子の対面をはたし、ふたりは正式に結婚した。

その後に生まれたのが次男の韓彦直《かんげんちょく》なのだが、梁《りょう》紅玉《こうぎょく》はつねに夫とともに戦場に在《あ》ってかずかずの

武勲を立てた。先年の遼《りょう》との戦いにおいても、だらしない宋軍のなかで唯一、敵を撃破し、損害を出さずに帰還して来たのだ。

妻の将略《しょうりゃく》を心から信頼している韓世忠《かんせいちゅう》は、よろこんで迎えた。

「そなたが出て来たのは、何か良い考えがあってのことかな?」

一礼して梁紅玉《りょうこうぎょく》は答えた。

「孫浩《そんこう》が兵をひきいて敵陣へ突入したと聞きました。あのお人の才能武芸でたった五万の兵をひきい、兀朮《ウジュ》の五十余万の金軍にあたったのでは、羊を追って虎口《ここう》に入るようなものです。失敗するのはあの人の勝手ですが、そうなったら、朝廷の奸臣《かんしん》たちはきっと、あなたが座視《ざし》して救わなかったと陛下に誣告《ぶこく》するでしょう。わたしの考えによれば、あなたはやはり兵を出して救うべきです」

韓世忠《かんせいちゅう》は舌打ちした。

「そなたの意見は正しいが、朝廷の奸賊どもに好つごうとはな!」

そこで命令を下し、誰か兵をひきいていき孫浩《そんこう》を救う者はおらぬか、と尋ねた。すぐにひとりのりりしい少年が進み出ていった。

「わたしがまいります」

韓世忠《かんせいちゅう》が見ると、はたして長男の韓尚徳《かんしょうとく》であった。韓世忠《かんせいちゅう》は微笑してうなずいた。

「よくぞ申した。息子よ、兵一千をひきい、孫浩《そんこう》を救ってもどるべし」

「はっ!」

韓尚徳《かんしょうとく》はひと声応じると、まさに駆け出そうとした。母親の梁紅玉《りょうこうぎょく》が呼びとめた。

「息子よ、将たる者、四方に目を配り八方に耳を傾けねばなりません。戦うべきは戦い、守るべきは守る。もし孫浩《そんこう》に遭《あ》えなければ、すみやかに後退しなさい。けっして冒険して戦ってはなりませんよ」

「心得ました」

韓尚徳《かんしょうとく》はすぐさま兵をひきいて関を出た。馬をとばして敵陣に近づくと、あたり五、六十里の山野はことごとく敵陣であった。韓尚徳《かんしょうとく》は思った。

（この大軍にもし突入していけば、一千の兵が徒死《いぬじに》するだろう。もし突入しなければ、孫浩《そんこう》の行方はわからない。どうすれば良いのか？　ええい、ままよ！）

馬上で振り返って、兵士たちに命じた。

「おまえたちはしばらくここでわたしを待て。ひとりで敵陣中へ入り、孫浩《そんこう》を捜し出して、いっしょに帰ってくる。もし孫浩《そんこう》を捜し出せなかったらわたしは敵陣で戦死する。おまえたちはもどって元帥閣下に報告するんだ」

兵士たちは口々に制止したが、韓尚徳《かんしょうとく》は馬をあおり、剣を舞わせ、ただ一騎、突進していった。

「両狼関《りょうろうかん》の韓尚徳《かんしょうとく》、見参《げんざん》！」

韓尚徳《かんしょうとく》は剣をひらめかせ、次々と敵を斬ること、瓜《うり》をたたき切り菜を薙《な》ぐようだ。たちこめる血煙のなか、孫浩《そんこう》を捜しまわる。あにはからんや、このとき、兀朮《ウジュ》に無謀な戦いをいどんだ孫浩《そんこう》の軍は、すでに潰滅していた。金兵の一騎が兀朮《ウジュ》の本営に駆けこんで報告した。

「四太子に申しあげます。さらにひとりの宋人が陣に突入し、その驍勇《ぎょうゆう》、ただ者ではありません。何やら韓尚徳《かんしょうとく》と呼ばわっております。ご命令を」

兀朮《ウジュ》は軍師をかえりみた。

「その韓尚徳《かんしょうとく》とは何者かわかるか。そんなにすごいやつなのか？」

「先ごろ臣が四太子にお話しした韓世忠《かんせいちゅう》の長男です。父母ともに名将というのは天下に彼ひとり、少年ながらさぞ勇者でございましょう」

兀朮《ウジュ》は笑っていった。

「彼個人の能力がすぐれていようとも、どうしてわが五十万の兵に敵し得ようか。殺すには惜しい。生けどりにし、降伏させよう」

生けどりにつとめよ、殺すのは許さぬ、との命令を聞いた金兵はいっせいに押し寄せて韓尚徳《かんしょうとく》をぐるりと取りかこんだ。少年はひるまず、手にした剣を左に防ぎ右にささえ、東に阻《はば》み西に持ちこたえ、金軍のただなかで奮戦した。ただ敵兵が多く、とても突破《とっぱ》できない。

彼に置き去りにされた兵士たちのひとりが、馬をとばして両狼関《りょうろうかん》に駆けもどり、韓世忠《かんせいちゅう》と梁紅玉《りょうこうぎょく》に報告した。

「公子は我らに戦場外で待機するよう指示なさり、単騎、敵陣に駆け入られました。いまだ動きはわからず、あるいはすでにご最期《さいご》かと」

梁紅玉《りょうこうぎょく》は眉をくもらせた。

「武将であるなら、もとより身を捨てて国に報いるべきであると思います。ですが息子は年若く、これまで朝廷より何のご恩もこうむっておりません。母として傷《いた》まずにいられません」

韓世忠《かんせいちゅう》は妻を力づけた。

「おまえが悲しむ必要はない。おれが兵をひきいて出撃し、金軍を破り、息子の仇を討つのを待っておれ」

韓世忠《かんせいちゅう》はすぐさま馬にとびのり、報告者の兵士をともなって戦場に駆けつけた。韓尚徳《かんしょうとく》が待機させておいた千騎の兵に出会い、事情をただす。

「先ほど公子はお命じになりました。敵兵は多数で、我ら一千の兵はむざむざと生命を落とすだろうから、ここで待つように、と」

韓世忠《かんせいちゅう》は聞いて涙をうかべた。

「息子がそう命じていたのであれば、汝らはここで待つがよかろう。子の責任は親がとる」

元帥は単騎、敵陣に駆けこんで、大声で呼ばわった。

「大宋の韓《かん》元帥、見参！」

手にした大刀をふるって重囲《じゅうい》に突入し、当たるをさいわい薙ぎ倒す。羊群を蹴散らす猛虎のごとくすさまじい。いくつもの陣を斬り破り、さえぎる者をことごとく討ちはたし、人血《じんけつ》の暴風雨を巻きおこす。まさしく「万人の敵」であった。その雄姿《ゆうし》を遠くから望んで、兀朮《ウジュ》は声をあげて称賛した。

「やるな、韓世忠《かんせいちゅう》め！」

すぐに軍の半数で韓世忠《かんせいちゅう》を包囲し、のこる半数で両狼関《りょうろうかん》を攻めるよう命令を下した。韓世忠《かんせいちゅう》は天下無双の英雄ではあるが、どうして金兵の多さに当たり得よう。一層また一層と、包囲の環《わ》はあつくなるばかりだ。一方、兀朮《ウジュ》は大軍をひきい、鉄甲《てっこう》の洪水さながら、両狼関《りょうろうかん》へ押し寄せた。もともと韓尚徳《かんしょうとく》にひきいられていた千騎の兵は、そのありさまを見ておどろき、猛進《もうしん》する金軍と競走するように野を駆けて両狼関《りょうろうかん》に駆けこんだ。

「ご報告！　元帥は戦死なさったと思われます」

急報を受けた梁紅玉《りょうこうぎょく》は、しずかにうなずくと、いったん後堂にもどった。乳母夫妻を呼び、おさない二公子・韓彦直《かんげんちょく》を抱きあげてそっと手わたした。

「お前たちにこの子を託します。わが家の財産をまとめ、ここを出て近くに隠れていなさい。わたしがもし勝てば、ここへもどってきてもういちど相談しましょう。わたしがもし死ねば、息子の将来はたのみますよ」

乳母夫妻が涙ながらに出ていくと、斥候《せっこう》がとんできて報告した。

「金兵が関の下までせまりました。兀朮《ウジュ》みずからがやってきて挑戦しております！」

一代の女将軍・梁紅玉《りょうこうぎょく》は、いかにして未曾有《みぞう》の強敵と戦うのか、それは次回のお楽しみ。

（『岳飛伝』第一巻　了）

関係年表（第一巻）

一〇九六　ヨーロッパで第一回十字軍の開始。
一一〇〇　宋の哲宗皇帝死去、徽宗皇帝即位。
一一〇三　岳飛、生まれる。
一一〇六　日本で源義家死去。
一一一五　金の建国。
一一一八　日本で平清盛生まれる。
一一二〇　宋で方臘の乱。イタリアでヨハネ騎士団発足。金が遼への全面侵攻開始。
一一二二　燕京陥落し、遼が事実上の滅亡。
一一二三　金の太祖死去し、太宗即位。ペルシアでオマル・ハイヤム死去。
一一二五　遼、完全に滅亡。金、宋へ第一次侵攻。徽宗退位し、欽宗即位。
一一二六　金、宋へ第一次侵攻。

主要参考文献

説岳全傳　上海古籍出版社
精忠演義・説本岳王全傳　北京師範大学出版社
宋史　中華書局
金史　中華書局
続資治通鑑　中華書局
宋史紀事本末　上海古籍出版社
岳飛史蹟考　正中書局印行
岳飛小伝　浙江古籍出版社
中国通俗小説総目提要　中国文連出版公司
京劇劇目辞典　中国演義出版社
中国歴史地図集　地図出版社
中国著名女将小伝　文化事業有限公司
岳飛と秦檜　冨山房
通俗二十一史・両国志　早稲田大学出版部

新十八史略　河出書房新社
蘇州・杭州物語　集英社
アジア歴史事典　平凡社
東洋歴史大辞典　平凡社
陳舜臣・中国の歴史　平凡社
中国近世の百万都市　平凡社
中国古典文学全集7（大宋宣和遺事）　平凡社
中国講談選　平凡社東洋文庫
水滸後伝　平凡社東洋文庫
戦略戦術兵器事典（中国中世近代篇）　学習研究社
武器と防具（中国篇）　新紀元社
中国皇帝歴代誌　創元社
中国が海を支配したとき　新書館
中国学芸大事典　大修館書店

解説　岳飛登場

縄田一男

世の中には出るべくして出、書かれるべくして書かれた作品がある。田中芳樹にとっては、さしずめ、編訳による本書『岳飛伝』は、その最たるものであろう。この作品は、はじめ『金軍侵攻ノ巻』『宋朝中興ノ巻』『精忠岳家軍ノ巻』『天日昭昭ノ巻』の四巻本にて、二〇〇一年四月から九月にかけて中央公論新社から刊行されたもので、今回の講談社ノベルス版では全五巻に再編集され、読者の机上に届く運びとなった。

では、岳飛とはそも何者であるのか。日本で刊行されている〝中国歴史人物事典〟等の類を引くと、字《あざな》は鵬挙《ほうきょ》、南下する金軍と戦ったいわゆる「抗金の名将」の代表格である、とされている。農家の出身で、二十歳の頃には義勇軍の将校となり、宗沢《そうたく》という高官の下で働き、宗沢の死後は、「岳家軍《がくかぐん》」という自分の軍を率いて転戦した。この時期の宋軍は、いわば私兵集団の寄せ集めであり、「宋朝弱兵」といわれる中、韓世忠《かんせいちゅう》、李顕忠《りけんちゅう》等の猛将が輩出、その中で最も強かったのが、岳飛の軍勢であったといわれている。岳飛は三十そこそこで元帥になり、金軍にも優勢を誇っていたが、朝廷内では対金強硬派と講和派が鎬《しのぎ》を削り、次第に和平論に傾きはじめるようになる。その折も折、一説には金に通じていたとされる講和派の首魁秦檜《しんかい》が、こうした状況を利用し、自己の権力拡張の脅威となりかねない岳飛を無実の罪で捕え、死に至らしめてしまうのである。これを契機に講和派が主導権を握り、岳飛の死の一年後、宋に不利な条件で講和が結ばれることになる。結局、岳飛の名誉が回復されるのは、秦檜の死後、高宗の後を継いで皇位についた孝宗が不正をあばいてからであり、彼を祭る廟が建てられ、岳飛の像の前には鎖につながれた秦檜の像も置かれ、人々はこれに唾を吐きかけたという。

これが岳飛にまつわる略伝のおおまかなところだが、それよりも彼を一言でいい表わすとするならば、それは、岳飛こそ中国最大のナショナル・ヒーローである、ということだろう。

田中芳樹はいっている――「ぼくは中国、香港、台湾というあたりを旅行したときに、地元の人に必ず、中国の歴史上のヒーローは誰ですかと尋《き》くわけです。そうすると、百パーセント、岳飛ですという答えが返ってきます。そのあとは好みによって、台湾だと鄭成功《ていせいこう》の名がつづいたりしますけども。諸葛孔明《しょかつこうめい》なんて名前は、こちらから聞かない限り出てこないというのが実情でした。中国から出ている『中国歴代名将撲克《トランプ》』というのがありまして、中国の歴史上の名将がトランプになっているわけですけど、最強の札であるジョーカーは岳飛なんですね。諸葛孔明はダイヤの7でした。（中略）それくらい評価の差があります」（中央公論社刊『中国武将列伝』下）と。

長い間、鎖国を続けていた日本のような国にあっては、歴史上のヒーローといえば天下を統一した人たち、すなわち、織田信長、豊臣秀吉、徳川家康ということになるのかもしれないが、こと中国では、最も評価に値する史上人物は何といっても漢民族のプライドとアイデンティティーを守った人たち、つまりは、外部からの侵略者に対して抵抗して戦果を上げた人物である、というわけだ。

結末の悲劇性については、田中芳樹もいうように、それこそ、源義経と真田幸村を足して二で割ったようなもの——判官びいきの日本人には、さぞ好まれそうな人物なのだが、実は、日本でも岳飛を賞揚した時代はあったのである。かつて、岳飛は日本でも、天晴れ忠義の名将とたたえられていたが、それが一変したのは日中戦争が勃発してからのこと。何故なら大陸に軍を進める日本にとっては、異民族の侵略に対する抵抗の象徴・岳飛は誠に都合の悪い人物。たちまちにして歴史の表舞台から不当に引きずり降ろされてしまったという次第である。

かくして、「五、六十年ほどの間に日本人の度量もずいぶん小さくなってしまったわけで」と、田中芳樹をして嘆息せしめることになるわけだが、その作者が岳飛をはじめて知ったのは、高校生の折、平凡社から出ている東洋文庫の『中国講談選』に載っていた短い講談からであった、という。こちらは最初から岳飛と義兄弟となる牛皐《ぎゅうこう》が登場、原題が『説岳全伝』であることは分かったが、訳書がないではないか、と切歯扼腕《せっしやくわん》したとのこと。当時は、岳飛が実際にどういう人か分からず、歴史の本を読んでも型通りのことしか書かれていない、従ってあとは中国語で書かれた正史を苦労しながら読むしかなかったというのだから、今回の自らの編訳による『岳飛伝』の刊行は感無量であったに違いない。

私が本稿の冒頭で、出るべくして出、書かれるべくして書かれた、と記したのはこのことで、実際、田中芳樹の岳飛に対する惚れ込み方は尋常一様ではなかった。「岳飛についてはさんざんぼくも宣伝しまして」という傍ら、長篇『紅塵』（一九九三年、祥伝社刊）では、合戦に先立ち、女将軍・梁紅玉《りょうこうぎょく》が汚名にまみれた岳飛の詩に合わせて剣舞を踊るシーンを描き、井上祐美子、土屋文子との共著『長江有情～英雄光芒の地をゆく～』（写真・柏木久育、一九九四年、徳間書店刊）では「それはもう、いずれ書かせてもらいたいと思っていますが、売れるかなあ」「岳飛の生涯は物語としてはすごく面白いけど、ビジネスマンの参考にはなりませんから。日本で歴史小説が売れるのはビジネスマンの参考書としてですからね。日本で『三国志』が売れて『水滸伝』が売れない理由はそれです」と、作品の〈物語〉を一度として〈情報〉に売り渡したことのない作家としての気概を示しつつ、抱負を述べている。

そして、実際、日本における岳飛再評価に向けての動きは、意欲的な作家たちによって徐々に起こりつつあったのだ。本書が刊行される二年前の一九九九年、田中芳樹の畏友、井上祐美子は、岳飛を遠景に据えて搦手《からめて》から描いた力作『臨安水滸伝』（講談社刊）を刊行。こちらは、岳飛を死に追いやった秦檜に挑む二人の貴公子、風生とその従兄・資生のうち、一方を岳家軍の遺児に設定、加えて岳家軍の遺した軍用金の争奪戦をメイン・ストーリーに組み込んだ出色の作品であった。

そして、いよいよ、本書『岳飛伝』の刊行となるのである。ここにようやく、彼我におけるヒーロー理解の落差は埋められた、というべきであろう。

第一巻である本書は、まだまだ全体の序盤であり、湯陰県孝弟里《とういんけんこうていり》永和郷《えいわきよう》に生を受けた岳飛が生まれて三日目に洪水の災に遭い、母が大きなかめの中で岳飛を抱いて内黄県《ないこうけん》まで流れて来るのが発端である。そこで恩人の王明《おうめい》に育てられ、その息子の王貴《おうき》をはじめ、悪友の張顕《ちようけん》、湯懐《とうかい》と義兄弟の契りを結び、義父周侗《しゆうとう》に武芸を学ぶが、この第一巻はまた、さまざまに魅力的なキャラクターが岳飛の下に集結して来るのを一つの見せ場としている。

初刊本には、付録として田中芳樹と森福都との対談がはさみ込まれていたが、「その一、ヒーロー『岳飛』の魅力」の中で、田中の結末が悲劇的であるのに「わりと明るい作品でしょう」という問いに答えて、森福が「まず明るさのもとになるのは、どんどん人が集まってくる過程の賑やかさですよね」といっているのが眼をひく。森福は「もともと山賊とか湖賊だった賊軍の将たちが、岳飛に帰順していくさまっていうのが、豪傑たちの顔見世興業的でわくわくします。岳飛の人望ってこういうところにいかんなく発揮されているのかな、と思って読みました」と続けているが、二人が、明るさの最大の原因となっている人物として挙げているのが牛皐である。

全巻を読了されていない方のために詳しくは書けないが、牛皐に関しては、岳飛の死後にも活躍の場が与えられており、正に「民衆のフラストレーションを一気に解消してくれるキャラ」(「その二、語り物『岳飛伝』の愉しみ」)。正史に出てくるから一流の将軍には違いないが、「正史とは別の、物語世界における現実の中では、民衆にも読者にもたぶん作者にも、すごく愛されてきたキャラクター」であり、「中国のこういった演義ものにおけるキャラクターの立て方なんですが、主人公っていうのはダブルなんだな、と思ったんです。つまり建前キャラと本音キャラがいて、この二人一組で主人公ではないか」「『岳飛伝』でも、岳飛はどちらかというと苦労性の心配性の建前主義で、『おとなしく、礼儀正しく』というと牛皐が『けっ!』という」「だから建前キャラが完全無欠な主人公になろうとすると、本音キャラがそれを相対化する」（「その一、ヒーロー『岳飛』の魅力」）と田中の発言が続き、岳飛と牛皐の関係を『水滸伝』の宋江《そうこう》と李逵《りき》、『三国志』の劉備《りゅうび》と張飛《ちょうひ》、更には『創竜伝』の始と終にまで敷衍《ふえん》しているのである。面白い分析といえよう。

物語は、この牛皐登場後も更に、岳飛と宗沢との出会いをつくることになる、校場における柴桂《さいけい》との死闘等を経て、ラストでいよいよ金軍の侵攻がはじまることになる。ここでも、韓世忠・梁紅玉の夫婦や、敵ながら天晴れな志を持つ、猛将兀朮《ウジュ》らが登場、ますます眼が離せなくなって来る。

ストーリーの説明はこのくらいにして、ここで一言付け加えておきたいのは、田中芳樹が、この『岳飛伝』をまとめるに際して敢えて「演義」のかたちを踏襲している点である。『広辞苑』で「演義」を引くと、「①事実を敷衍して面白く説くこと。②中国で、歴史上の事実を修飾し小説的興味を添え、俗語で叙述した書。『三国志演義』の類。演義小説」と出ている。本書で分かりやすい例を引けば、「第十回　大相国寺《だいしょうこくじ》に　閑《ひそか》に評話《こうしゃく》を聴き／小　校場《しょうこうじょう》中に　私《ひそか》に状《じょう》元《げん》を搶《ふる》う」に出て来る講釈がそれに当たる。実際、歴史書、いわば正史である陳寿《ちんじゅ》の『三国志』が、物語である羅貫中《らかんちゅう》の『三国志演義』として定着するまでには、講釈師によるさまざまな三国志語りが行なわれ、そこに民衆のロマネスクな夢が託されることになるのである。故尾崎秀樹はしばしば、グラムシの〝民衆は革命家よりも詩人の手から歴史を受け取りたがる〟という言葉を引いて大衆文学の成立に関して語っていたが、この正史から物語への変遷ほど端的にそのことを示したものはないだろう。

田中芳樹が「そこには非情すぎる史実を相対化するための、民衆にとってのいわば理想世界が示されてる」とも、「史実優先で修正していくと、正史の世界とは別の、物語としての空間にあふれかえっているエネルギー、一種アナーキーなパワーというものを損ねてしまうのではないかと」とも、さまざまな演義が講釈されていた当時は言論の統制もきびしかったはずで、「ぼくらは少なくとも、制度としては言論の自由が保障されてるわけですからね。そういう昔の人の苦労みたいなのを汲み取っていかないと、そこに仮託された民衆の心情もわからないいんじゃないかなぁと……」（「その二、語り物『岳飛伝』の愉しみ」）ともいっている真意もそこにあろう。

そしてあくまでも物語作家に徹し続ける田中芳樹の常日頃の主張――「歴史小説の使命というのは、実像を暴くことではありませんね。（中略）実像を暴くというのは学問やノンフィクションの仕事であって、歴史小説の使命――というのもおおげさですが、存在意義というのは、魅力的な虚像をつくるということにあるんじゃないかと、ぼくはずっと思っていました」（『中国武将列伝』下）をここに当てはめることも可能であろう。〝虚像〟は〝物語〟の謂であり、虚は、しばしば、実を超えて私たちに真実を教えるのもまた事実である。だからこそ、『岳飛伝』は〝演義〟として書かれなければならなかったのである。

さて、読者は、この解説の冒頭に記した岳飛の略伝によって、このヒーローの運命を知ってしまったわけだが、それはあくまでも正史の上でのこと――田中芳樹は、作中に「この二人（岳飛と周三畏《しゅうさんい》）が再会するのは、二十二年後のことになる。それもおどろくべき場所で」とも、「誓いを立てた四人（宗沢、張邦昌《ちょうほうしょう》、王鐸《おうたく》、張俊《ちょうしゅん》）、それぞれの最期については歴史の知るところ。読者の方々はお忘れなく物語の展開をお待ちあれ」とも、「このとき岳飛は、後日の『岳家軍』の幹部となる人材を、一度に五人も手にいれたのである」とも記し、読者の興味を巧みにつないでいく。従って物語としての『岳飛伝』を読む上ではそんなことは何のさしさわりにもならないのである。

　では、作者にならって、金軍の侵攻が繰り返される中、岳飛にいかなる運命が訪れるのか、それは次回のお楽しみ、ということにして、この解説の筆をおかせていただくことにしたいと思う。

本書は、中央公論新社より刊行された「岳飛伝」全四巻（二〇〇一年二月〜二〇〇一年九月刊）
に加筆訂正を加え、全五巻のノベルス版としたものです。

N.D.C.913 220p 18cm

岳《がく》飛《ひ》伝《でん》 一《いち》、青《せい》雲《うん》篇《へん》

二〇〇三年八月五日 第一刷発行

KODANSHA NOVELS

定価はカバーに表示してあります

編訳者—田《た》中《なか》芳《よし》樹《き》

© YOSHIKI TANAKA 2003 Printed in Japan

発行者—野間佐和子

発行所—株式会社講談社

東京都文京区音羽二-一二-二一
郵便番号 一一二-八〇〇一

編集部〇三-五三九五-三五〇六
販売部〇三-五三九五-五八一七
業務部〇三-五三九五-三六一五

印刷所—大日本印刷株式会社 製本所—株式会社上島製本所

落丁本・乱丁本は購入書店名を明記のうえ、小社書籍業務部あてにお送りください。送料小社負担にてお取替え致します。なお、この本についてのお問い合わせは文芸図書第三出版部あてにお願い致します。本書の無断複写(コピー)は著作権法上での例外を除き、禁じられています。

ISBN4-06-182331-0

KODANSHA NOVELS 講談社ノベルス

奇々怪々の超ミステリ
ウロボロスの偽書 竹本健治

『偽書』に続く迷宮譚
ウロボロスの基礎論 竹本健治

京極夏彦「妖怪シリーズ」のサブテキスト
百鬼解読——妖怪の正体とは？ 多田克己

異形本格推理
鬼の探偵小説 田中啓文

私立伝奇学園高等学校民俗学研究会 その1
蓬莱《ほうらい》洞の研究 田中啓文

書下ろし長編伝奇
創竜伝1〈超能力四兄弟〉 田中芳樹

書下ろし長編伝奇
創竜伝2〈摩天楼の四兄弟〉 田中芳樹

書下ろし長編伝奇
創竜伝3〈逆襲の四兄弟〉 田中芳樹

書下ろし長編伝奇
創竜伝4〈四兄弟脱出行〉 田中芳樹

書下ろし長編伝奇
創竜伝5〈蜃気楼都市〉 田中芳樹

書下ろし長編伝奇
創竜伝6〈染血の夢〉 田中芳樹

書下ろし長編伝奇
創竜伝7〈黄土のドラゴン〉 田中芳樹

書下ろし長編伝奇
創竜伝8〈仙境のドラゴン〉 田中芳樹

書下ろし長編伝奇
創竜伝9〈妖世紀のドラゴン〉 田中芳樹

書下ろし長編伝奇
創竜伝10〈大英帝国最後の日〉 田中芳樹

書下ろし長編伝奇
創竜伝11〈銀月王伝奇〉 田中芳樹

書下ろし長編伝奇
創竜伝12〈竜王風雲録〉 田中芳樹

書下ろし長編伝奇
創竜伝13〈噴火列島〉 田中芳樹

驚天動地のホラー警察小説
東京ナイトメア 薬師寺涼子の怪奇事件簿 田中芳樹

書下ろし短編をプラスして待望のノベルス化！
魔天楼 薬師寺涼子の怪奇事件簿 田中芳樹

異世界ファンタジー
西風の戦記《ゼピュロシア・サーガ》 田中芳樹

長編ゴシック・ホラー
夏の魔術 田中芳樹

長編サスペンス・ホラー
窓辺には夜の歌 田中芳樹

長編ゴシック・ホラー
白い迷宮 田中芳樹

タイタニック級の兇事が発生！
クレオパトラの葬送 薬師寺涼子の怪奇事件簿 田中芳樹

長編ゴシック・ホラー
春の魔術 田中芳樹

中国大河史劇
岳飛伝 一、青雲篇 編訳 田中芳樹

妖艶怪奇な新本格推理
からくり人形は五度笑う 司《つかさ》 凍季《とき》

哀切きわまるミステリー世界
さかさ髑髏《どくろ》は三度《みたび》唄う 司 凍季

名探偵・一尺屋遙シリーズ
湯布院の奇妙な下宿屋 司 凍季

KODANSHA NOVELS 講談社ノベルス

名探偵・一尺屋遙シリーズ
学園街の〈幽霊《ゴースト》〉殺人事件　司 凍季

ロマン本格ミステリー！
アリア系銀河鉄道　柄刀《つかとう》 一《はじめ》

至高の本格推理
奇蹟審問官アーサー　柄刀 一

書下ろし長編ミステリー
怪盗フラクタル 最初の挨拶　辻 真先

書下ろし本格ミステリー
不思議町惨丁目　辻 真先

冥界を舞台とするアップセット・ミステリー
デッド・ディテクティブ　辻 真先

ウルトラ・ミステリ
A先生の名推理　津島誠司

メフィスト賞受賞作
歪んだ創世記　積木鏡介

まばゆき狂気の結晶
魔物どもの聖餐(ミサ)　積木鏡介

ダークサイドにようこそ
誰かの見た悪夢　積木鏡介

血の衝撃！
芙路魅 Fujimi　積木鏡介

書下ろし鉄壁のアリバイ&密室トリック
能登の密室 金沢発15時54分の死者　津村秀介

書下ろし鉄壁のアリバイ崩し
海峡の暗証 函館着4時24分の死者　津村秀介

書下ろし圧巻のトリック！
飛騨の陥穽 高山発11時19分の死者　津村秀介

書下ろし鉄壁のアリバイ崩し
山陰の隘路 米子発9時20分の死者　津村秀介

世相を抉る傑作ミステリ
非情　津村秀介

国際時刻表アリバイ崩し傑作！
巴里《パリ》の殺意 ローマ着18時50分の死者　津村秀介

書下ろし鉄壁のアリバイ崩し
逆流の殺意 水上着11時23分の死者　津村秀介

書下ろし鉄壁のアリバイ崩し
仙台の影絵 佐賀着10時16分の死者　津村秀介

書下ろし鉄壁のアリバイ崩し
伊豆の朝凪 米沢着15時27分の死者　津村秀介

至芸の時刻表トリック
水戸の偽証 三島着10時31分の死者　津村秀介

第22回メフィスト賞受賞作！
DOOMSDAY—審判の夜—　津村 巧

妖気ただよう奇書！
刻丫卵　東海洋士

落語界に渦巻く大陰謀！
寄席殺人伝　永井泰宇

"極真"の松井章圭館長が大絶賛！
Kの流儀 フルコンタクト・ゲーム　中島 望

一撃必読！ 格闘ロマンの傑作！
牙の領域 フルコンタクト・ゲーム　中島 望

21世紀に放たれた70年代ヒーロー！
十四歳、ルシフェル　中島 望

超絶歴史冒険ロマン
黄土の夢〈第1部〉明国大入り　著 中嶌正英　原案 田中芳樹

超絶歴史冒険ロマン
黄土の夢〈第2部〉南京攻防戦　著 中嶌正英　原案 田中芳樹

超絶歴史冒険ロマン
黄土の夢〈第3部〉最終決戦　著 中嶌正英　原案 田中芳樹

講談社 最新刊 ノベルス

中国大河史劇
編訳 田中芳樹
岳飛伝 一、青雲篇
中国史上最大の英雄にして悲劇の名将、岳飛。全五巻の史劇ただ今開幕！

これぞ京極小説。他所では決して味わえぬ凄み！
京極夏彦
陰《おん》摩《も》羅《ら》鬼《き》の瑕《きず》
白樺湖畔の「鳥の城」で起きた連続花嫁殺人事件！ 京極夏彦最新作!!

薬屋さんシリーズ最新作！
高里椎奈
蟬《せみ》の羽 薬屋探偵妖綺談
寂《さび》れた山村で連続する不可解な死。共通するのは、遺体から生えた枝！

縁遠い女探偵!?
山口雅也
(続) 垂里冴子のお見合いと推理
人間消失から七福神泥棒まで——縁談が怪事件を呼ぶ薄幸の名探偵の活躍！

長編ユーモアミステリー
赤川次郎
月もおぼろに三姉妹 三姉妹探偵団19
「父さんを信じてくれ……」この言葉の真意は？ 悪意の根源はどこに？